www.tredition.de

AF177369

Lars Niklas Ludes

VERDÜRRT

Tagebuch eines Jugendlichen
2020

www.tredition.de

© 2021 Lars Niklas Ludes

Verlag und Druck:
tredition GmbH, Halenreie 40-44, 22359 Hamburg
Titelbild und Covergestaltung:
Lars Niklas Ludes

ISBN
Paperback: 978-3-347-30110-8
Hardcover: 978-3-347-30111-5
e-Book: 978-3-347-30112-2

Vorwort:

Dieser Roman, diese Erzählung oder wie man es auch nennen mag, erzählt von den Erfahrungen und Empfindungen eines unbekannten Jugendlichen im Krisenjahr 2020. Um die tatsächlichen Gegebenheiten aus der Perspektive des jeweils aktuellen Zeitgeschehens wiederzugeben, habe ich die Form eines Tagebuches gewählt. Es beinhaltet zwar wahre zeitgeschichtliche Gegebenheiten, die Handlungen und Personen sind jedoch frei erfunden.

Dieses Buch ist allen Jugendlichen gewidmet und stellt gleichzeitig eine Mahnung an alle gesellschaftlich und politisch einflussreichen Personen dar, die Belange der Jugendlichen zukünftig verantwortungsvoller zu berücksichtigen.

Einen besonderen Dank möchte ich an alle aussprechen, die mich bei meinem ersten Buch so toll und engagiert unterstützt haben.

Lars Niklas Ludes

Ich habe es geschafft! Endlich hier raus! Raus aus dem Alltag. Endlich sehe ich wieder Farben, zum ersten Mal seit langem wieder. Welcher Tag würde besser passen als der heutige, um meinen ersten Eintrag diesem von mir eigentlich schon längst für verloren gehaltenen Tagebuch zu widmen. Ich habe es heute aus Zufall erst wieder in einer alten Kiste gefunden. Es war ein altes Geschenk, das ich von meinen Großeltern zu Grundschulzeiten mal bekommen habe. Ja, und da dachte ich mir, dass der heutige Tag unbedingt festgehalten werden muss. Denn, du wirst nicht glauben, wie glücklich mich es formt, endlich wieder bei Sinnen zu sein. Es ist nicht so, als wäre ich es vorher nicht gewesen. Also nicht so, wie du es jetzt denken wirst. Ich war, sagen wir es mal so, ohne es zu wissen, in meinem Alltag gefangen.

Wenn ich mich zurückerinnere, sah ich nicht die Farben wie ich sie jetzt sehe. Die Natur, das Leben an sich. Es ist wunderbar und sondergleichen.

Ich war wirklich in einem seltsamen Zustand, bevor ich erst heute wieder zur Besinnung kam.

Erst heute, nachdem die Schule geendet hat - bzw. eher nur ein Schultag von vielen noch Kommenden - schien mir zum ersten Mal seit langem wieder die Sonne. So hell und prachtvoll, dass sie einen blenden mag. Man muss dazu sagen, dass es Januar ist. Es ist kühl, jedoch hat es den Winter über nicht einmal geschneit. Es war eine triste Zeit.

Gleich nachdem ich das Schulgebäude verließ und den Schulhof betrat, fiel es mir auf. Die Sonne, die sonst die letzte Zeit immer von Wolken verdeckt war, schien. Ja, sie schien! Zwar waren es nur ein paar Lichtstrahlen, die sich anfangs durch die Wolkenlücken drängten, jedoch schwanden die Wolken immer mehr, so dass die Sonne umso mehr schien. Ich war gerade auf dem Heimweg als ich bemerkte, wie die Sonne mich wärmte. Sie wärmte nicht nur meinen Körper, nein, ich spürte wie all die vergangene und scheinbar vergessene Lebensfreude in mich zurückkehrte. Mein Herz erwärmte sich und plötzlich bemerkte ich es: Die wunderbare Vielfalt der Natur.

Ich ging dabei meinen üblichen Weg zur Bushaltestelle, an welcher mein Bus kommt, mit dem ich nach Hause fahren soll. Am Rande dieses Weges stehen eine Reihe von Bäumen und Sträuchern. Vor diesem Tag habe ich diese nie wirklich als besonders empfunden, es waren für mich lediglich Pflanzen, die keine Relevanz haben. Doch heute sah ich, wie schön sie doch sind. Ja, es klingt jetzt etwas seltsam, aber ihre Farben kamen mir auf einmal so besonders vor. Ich näherte mich einem Baum, um seine Rinde anzuschauen. Frag nicht wieso, ich war neugierig und irgendwie wollte ich das unbedingt machen. Ich versuchte alles so genau wie möglich zu beobachten. Zwar hielt ich nur kurz dafür an, ich wollte ja nicht meinen Bus verpassen, aber das war wirklich besonders. Es war ein unbeschreibliches Gefühl. Ich war überwältigt von der Natur und das alles nur aufgrund der Sonnenstrahlen, die auf mich trafen. Es ist wirklich faszinierend. Doch es wirkte, als hätten sie meine Fesseln gelöst - die Fesseln des Alltags. Es war überwältigend. Es geschah so unerwartet und plötzlich, dass ich immer noch nicht wirklich damit klarkomme. Es ist, um ehrlich zu sein, auch sehr schwer, das alles nun in Worte zu fassen. Es riss mich aus meinem anstrengenden Schulalltag und erfüllte mich einfach vollends. Ich vergas all den Stress, die Sorgen um meine Noten, Konflikte mit Freunden, alles verschwand. Gleichzeitig fiel mir auf, wie kalt und leer mein Herz doch die letzte Zeit war. Es wirkt eventuell seltsam, aber es ist wirklich nur sehr schwer, das alles in Worte zu fassen, die dem Ganzen auch gerecht werden können. Das Gefühl ist einfach unbeschreiblich.

Ich würde gerne auch jetzt, in diesem Moment, einfach nur in den nahegelegenen Wald, der hinter unserem kleinen Häuslein liegt, gehen. Weg von der ganzen Elektronik, weg von meinem Handy, weg von meinem Computer. Aber dazu habe ich nun leider nicht mehr wirklich die Zeit. Wir haben mal wieder enorm viel an Hausaufgaben auf, die wir bis zum nächsten Tag bearbeiten sollen. Und nicht nur das! Nein, wir müssen auch enorm viel für anstehende Tests lernen und arbeiten, gleichzeitig werde ich von nicht gerade wenigen Menschen sozial beansprucht. Was nicht schlecht oder schlimm ist. Versteh mich nicht falsch. Jedoch ist es so, dass die meisten Menschen heutzutage im 21. Jahrhundert meist nur noch an sich und ihr eigenes Wohlempfinden denken. Sie wollen nur das Positive akzeptieren und sehen die Konsequenzen nicht. Sie wollen immer alles, wenn möglich einfach. Das, was kompliziert ist, lehnen sie ab, das, was sie beansprucht oder herausfordert, meist auch. Hauptsache, sie haben ein gutes, einfaches Leben. Darum dreht sich bei ihnen alles. Ich will und kann mich nicht mit solchen Menschen vergleichen oder gar gleichsetzen. Wie auch immer, ich muss nun wirklich leider was für die Schule arbeiten. Ich versuche sobald wie möglichst nochmals was reinzuschreiben, vielleicht schon morgen. Bis dann!

****

Heute war ein wirklich anstrengender Schultag. Schule mal wieder bis 16 Uhr. Ja, ich bin auf einer Ganztagsschule und mittlerweile auch schon in der Oberstufe. Wir haben mal wieder eine Menge an Aufgaben erhalten, die wir zu Hause erledigen sollen. Kein Wunder, in einem Jahr machen wir Abitur – schreiben unsere Abschlussprüfungen - und bis dahin sollten wir bestmöglich darauf vorbereitet sein. Sie (die Lehrer) haben ja recht in dem Punkt, doch ich persönlich finde es auch wichtig, dass man genug Zeit hat, um seinem eigenen Wesen nachgehen zu können. Ich meine, ein gesunder Mensch braucht das doch. Ein Mensch braucht mal Freizeit und Ruhe für sich, wie sonst soll man bei dem ganzen Kram nicht krank werden oder sich wirklich konzentrieren können?

****

Hallo Freitag! Für diese Woche habe ich wohl die Schule abgehakt. Welch ein Wunder, dass wir mal wieder tausende von Aufgaben erhalten haben. Nun gut. Ich denke, dass ich diesen Tag dazu nutzen werde, all meine Arbeitsaufträge bestmöglich zu erfüllen, sodass ich das Wochenende vielleicht mal wieder Zeit habe, in die Natur zu gehen. Das zu tun, was ich, seitdem ich ein Kind war, nicht mehr wirklich getan habe und das, nachdem ich mich schon seit einigen Tagen wieder wirklich sehne. Vor allem seit dem Vorfall mit den Sonnenstrahlen, die mir die Augen wieder geöffnet haben, die Schlüssel, die meine Fesseln gelöst haben! Auch packt mich die Lust, eventuell mal wieder etwas am Klavier zu klimpern oder ein Bild zu malen. Ich weiß nicht, wie ich darauf komme, aber mir ist irgendwie gerade danach. Aber zuerst erledige ich nun meine Aufgaben und danach vielleicht ein wenig Abwechslung, mal sehen. Ich beeile mich nun einfach und bringe es dann hinter mich.

****

Durch die schulisch bedingten Arbeiten habe ich gestern leider keine Ruhe mehr gefunden, auch nur den Pinsel anzufassen oder eine Taste am Klavier zu drücken. Ich sehne mich nach draußen, ich sehne mich nach der Natur, dem Vogelgezwitscher, dem Duft des Grases und was weiß ich noch alles, was ich so lange weder hörte, roch noch sah. Nicht mal mit allen Aufgaben wurde ich gestern fertig, mit all den Verlangen und Sehnsüchten in meinem Kopf. Ach, es ist wirklich enttäuschend. Kennst du das, wenn du von dir selbst enttäuscht bist? Dann regt man sich meist lieber auf anstatt die Arbeit zu erledigen, die man zu erledigen hat. Irgendwie ist das doch immer so. Wir Menschen versuchen uns in stressigen Situationen meist einfach nur abzulenken und der Arbeit aus dem Weg zu gehen, anstatt sie einfach zu erledigen. Lieber heulen wir stundenlang rum und verschwenden so unsere Zeit, suchen ständiges Mitleid und ein offenes Herz, was unser Leid und unsere Klage hört und aufnimmt. Wobei wir auch in der gleichen Zeit, in der wir uns beklagen, die Arbeit erledigt hätten können. Irgendwie seltsam, aber ich kenne es ja von mir selbst. Dabei fällt mir gerade auf, dass dies mir auch irgendwie etwas fehlt. Ich werde jeden Tag von Menschen zu geheult, doch selber? Selber hatte ich nie jemanden, dem ich wirklich meine Seele leeren konnte. Warum fällt mir das eigentlich jetzt erst auf, wo ich darüber schreibe? Wie erbärmlich das doch eigentlich ist, dabei bin ich doch selbst nicht wirklich anders. Was bin ich denn überhaupt? Ist es nicht so, dass man selbst nie sagen kann, was man ist? Ich denke, dass es eigentlich nur die Gesellschaft oder die Gruppe sagen kann. Also, sie sagen zu einem, was man ist und dann steigert man sich da rein und wird wirklich zu dem, was die Gruppe einem vorgibt zu sein. Ich weiß nicht, ob ich das bin oder sein will. Aber ich finde es schwer, selbst zu definieren, was ich bin und warum ich bin, was der Sinn hinter meiner Existenz ist. Einerseits, selbst wenn man schauspielt, ist man immer noch man selbst. Jedes Handeln definiert einen, jede Kleinigkeit und jede Entscheidung, jedes Wort, jedes kleinste Detail.

Warum schreibe ich eigentlich gerade darüber? Ein exzellentes Beispiel dafür, dass ich mich vor meiner Arbeit eigentlich nur drücken will und Trost suche.

****

Es ist vollbracht! Heureka! Oder wie man dazu sagt...

Ich habe alle schulischen Pflichten erledigt und habe endlich wieder etwas Zeit für mich selbst. Sonntag ist heute und der Tag ist seines Namens gleich.

Du musst wissen, dass ich noch nie einen so guten Morgen hatte. Ich wurde von den Sonnenstrahlen, die durch mein Fenster auf meinen Kopf trafen, geweckt. Kein Wecker-Lärm, gar nichts. Es ist traumhaft, mal so geweckt zu werden. Dabei hab ich es nie für wirklich wahrgenommen, dass man auch so geweckt werden könnte, so friedlich. Herrlich! Ich dachte, dass gäbe es nur in solchen Märchen und heute durfte ich es an Leib und Seele erfahren, dieses Gefühl, diese Harmonie in mir selbst, weder Straßenlärm, noch Lärm im Zimmer und im Haus. Nichts, einfach herrlich!!! An solchen Tagen hat man einfach das Bedürfnis, mal Danke zu sagen, wem auch immer man das alles zu verdanken hat.

Heute soll also der Tag sein, an dem ich endlich wieder in den Wald gehe und die Natur genießen kann. So lange hab ich es nicht mehr getan, so lange habe ich es ignoriert und durch die ganze Arbeit und den Stress negativ übertönt. Aber heute mache ich es, heute ist es soweit, heute werde ich es tun, heute gehe ich endlich wieder in den Wald! Ich kenne aus meiner Kindheit noch einen schönen Ort, dazu muss man einen kleinen Trampelpfad den Berg hinauf laufen und wenn man oben angekommen ist, steht dort ein Kreuz und man hat eine herrliche, traumhafte Aussicht, so erinnere ich mich wenigstens daran.

Du kannst dir ja überhaupt nicht vorstellen, wie sehr ich mich auf diesen Tag, auf den heutigen Tag freue. Ich bin gespannt, welche Tiere ich entdecken werde, welche Gerüche ich riechen und welche Tiere ich sehen und hören werde.

Mittlerweile ist es schon nahe Mittag. Das Gras vor unserem Haus ist grün und nass, noch belegt mit einem Tau. Es wirkt jedoch wie ein Meer, ein Meer voller grüner Juwelen, die funkeln. Das feuchte Gras reflektiert einfach so herrlich die Sonnenstrahlen.

Ich mache mich nun langsam auf den Weg. Ich möchte keine weitere Zeit verschwenden. Zu lange wurde ich dem allem beraubt! Ich werde zum Abendessen wieder heimkehren. Ich melde mich. Bis dann!

****

Es ist mittlerweile Nacht und ich bin wieder da! Es war wirklich überwältigend.

Es ist atemberaubend, wie schön doch dieser Wald ist, obgleich die Bäume im Januar keine Blätter mehr tragen, und wie viele Erinnerungen ich doch noch an ihn habe. Doch erschreckend, wie blass sie geworden sind. Es ist aber auch wirklich erstaunlich, was so passiert ist in den vergangenen Jahren und auch wie viel sich gewandelt hat. Aber das alles werde ich dir nun so detailliert wie möglich erzählen, unbedingt.

Nachdem ich den Tagebucheintrag von heute Morgen verfasst habe, bin ich so gut wie direkt aufgebrochen, um in den Wald zu gehen. Ich hinterließ meiner Mutter, die sich stets um mich sorgt, eine Nachricht, dass ich vor Einbruch der Dunkelheit wieder zu Hause sein werde. Ich zog dann meine Schuhe an, nahm meinen Schlüssel und verließ das Haus. Ich ging unsere Einfahrt hinunter und bog dann in die mir aus der Kindheit bekannte Richtung zum Waldeingang ab. Ich ging dabei nur wenige Minuten die geteerte Straße entlang. Diese ist mittlerweile mit tausenden von Schlaglöchern übersät, was mir schon dermaßen auf die Nerven ging, dass ich sie am liebsten komplett rausreißen und durch schöne Pflastersteine ersetzen wollte. Sie ist wirklich hässlich, vor allem scheint sich auch niemand wirklich darum kümmern zu wollen, wie auch bei allem.

Nun ging ich meine Erinnerungen ab, soweit ich mich noch an den Weg nun mal erinnern konnte. Und dann war ich auch schon bald da. Naja, um ehrlich zu sein, bin ich mir nicht mal mehr sicher, ob es nun wirklich der Eingang zum Wald war, also der offizielle, denn irgendwie sah alles sehr verwildert und runtergekommen aus, also so wie ich ihn gar nicht mehr in Erinnerung hatte. Jedoch, um ehrlich zu sein, denke ich schon, dass es der richtige Weg war. Ich meine, in unserem kleinen Stadtteil, nahe des Flusses Mosel, kam in den letzten Jahren irgendwie alles etwas runter, die Gebäude, Straßen und der ganze andere Kram. Wie dem auch sei, habe ich mich nie wirklich darum geschert.

Und um ehrlich zu sein, fand ich, dass es sogar etwas Verzauberndes hatte, wie die Pflanzen sich durch den Asphalt und das Mauerwerk bohrten. Es wirkte fast wie ein verwunschener Traum. Keine Ahnung, wie ich es ausdrücken soll, doch den einstigen Trampelpfad habe ich kaum wiedergefunden, wenn es überhaupt noch einer war. Ich suchte mir also einen eigenen Weg.

Es war wirklich traumhaft, je tiefer ich in den Wald ging, desto schöner wurde es. Dieses Rascheln und Knistern beim Durchschreiten des etwas belaubten Weges, welches das Ende des Lebens dokumentiert und gleichzeitig wieder für neues Leben sorgen wird. Der Geruch von den vermodernden Blättern, Winterpilzen und der feuchten Erde. Die vereinzelten Schreie und Rufe der hier gebliebenen Vögel, das Licht der tiefstehenden Sonne, welches mich mit all seiner Kraft blendete, die mit Moos bewachsenen Bäume. Es sah alles so herrlich aus, und vor allem war es wirklich beruhigend. Ja, man kann sagen, es hat meine Seele, die sich sonst niemandem zuwenden kann, geheilt.

Ich ging solange, bis ich letztendlich auf eine Lichtung stieß, einen Ort, den ich definitiv noch nie zuvor in meinem Leben gesehen hatte. Der Boden war mit wunderschönem grünem Gras bedeckt, und das erste, was ich tat, war, mich an einen Baum zu legen und das Ganze einfach auf mich wirken zu lassen. Der Baum war groß und alt, aber trotz seines Alters sowie seiner abgeworfenen Blätter wirkte er so voller Leben und Energie, sobald man sich ihm näherte. Er war ein Zuhause für vielerlei Lebewesen. Es war herrlich, so befreiend. Es war ein unbeschreiblicher Genuss. Dieser Ort war so friedlich, so verlassen und so unberührt, wie ich es mir kaum vorstellen konnte. Ich war glückselig und ich fühlte mich wie der glücklichste, bereiteste

Mensch, den es gibt. Die Strahlen der Sonne waren so wärmend und alles wirkte zusammen, die Lichtung, die Strahlen der Sonne, der große Baum, die unberührte und harmonische Natur. Es war wirklich herzerwärmend. Nichts im Vergleich zu der in dieser Jahreszeit kalten grauen Stadt. Ich weiß auch gar nicht, was die Leute in dieser Jahreszeit an der Stadt so sehr empfinden können - auch wenn Trier zwischen Ostern und Weihnachten sicherlich zu den lebenswertesten Städten überhaupt zählt. Na gut, jedem das seine, solange solche Orte wie diese Lichtung uns erhalten bleiben.

Ich habe dort vollkommen die Zeit vergessen. Ich war so versunken in die Natur, so verbunden, dass ich mich zwingen musste, wieder zu gehen, als ich bemerkte, dass ich die Zeit vollkommen vergessen hatte und dass ich vor Einbruch der Dunkelheit schon wieder zu Hause sein wollte. Als die Sonne so langsam verschwand, brach ich auf. Aus irgendeinem Grund war ich dabei weder hektisch noch gestresst, ich hatte keine Sorgen, keine Ängste, ich war endlich im Einklang mit mir und der Natur. So ging ich gelassen wieder nach Hause.

Du wirst dir nicht das Gesicht meiner Mutter vorstellen können und wie aufgebracht sie war als ich so spät zurückkehrte. Ja, als ich zu Hause ankam, war es doch schon sehr dunkel und - naja - ich hatte die Zeit im Wald vollkommen vergessen und kam erst so gegen 18 Uhr zu Hause an. Ich weiß es nicht mehr genau, jedoch war es schon sehr spät. Also zu spät und meine Mutter und mein Vater waren erst sehr wütend. Naja, das ist wohl verständlich, sie sorgen sich nun mal um mich. Ich denke, ich würde mich auch aufregen, wenn ich sie wäre. Aber gut, Geschehenes kann man nun mal nicht rückgängig machen. Eigentlich werde ich auch immer aufgebracht, wenn mich andere Menschen, vor allem Menschen, die ich liebe und von denen ich weiß, dass sie mich ebenso lieben, anschreien. Aber der Wald hat mich so unglaublich beruhigt, dass man meinen konnte, ich würde ihr Geschrei nicht wahrnehmen, worauf sie immer lauter wurden. Letztendlich habe ich es geschafft, ihnen zu sagen, dass es mir leid tut - was es mir auch wirklich tut - und dass ich demnächst die Zeit auch besser im Blick zu behalten versuche. Das hat sie zwar erstmal still gestellt, aber sie waren dennoch skeptisch. Dann haben sie mich gefragt, was ich eigentlich solange getrieben habe. Als ich ihnen sagte, dass ich im Wald war, schien es ihnen all die vor wenigen Sekunden gesammelte Ruhe wieder zu zerschlagen, aber diesmal wurden sie nicht laut. Nur konnte man das Unbehagen in ihren Gesichtern noch deutlicher ablesen.

Du weißt gar nicht - nein du kannst es dir nicht vorstellen - wie leid mir das alles tat - mein Verhalten.

Ich hasse es, Menschen so zu verletzen oder zu enttäuschen, ich gebe mein Bestes, doch am Ende eskaliert es doch irgendwie und ich weiß dann nie, wie ich mich entschuldigen kann. Ich nehme mein eigenes Fehlverhalten immer sehr ernst, wobei ich immer versuche, das Beste aus meinen Fehlern, wenn es überhaupt Fehler in dieser Welt gibt, zu machen.

Ach, was bin ich nur für ein seltsamer Mensch. Ich meine, wieso bin ich so wie ich bin und warum verhalte ich mich manchmal so asozial. Kein Wunder, dass alle außer mir bis jetzt einen Menschen gefunden haben, bei dem sie sich wirklich ausheulen können.

Wie dem auch sei, ich bin nun wirklich enorm müde und erschöpft, es war irgendwie entspannend im Wald, aber diese Diskussionen und all die aufgebrachten Gesichter zerstören mich innerlich. Ich hasse mich dafür, auch dass ich ständig Menschen nerve, egal was ich mache, auch wenn ich helfen will, ich mach es am Ende nur noch schlimmer. Du weißt nicht, wie ätzend das Gefühl doch ist, sich manchmal so vorzukommen, als wäre man eine reine Enttäuschung. Der einzige Trost, den ich irgendwie erlange, bzw. das einzige, was mich aufmuntert, ist die Hoffnung, die Möglichkeit zu haben, dem Ganzen zu entfliehen, in die Natur zu gehen und das Leben einfach zu leben, weg von dem Stress, der mich von innen auffrisst. Ich vermisse den Wald mit all seinen Farben und Lebewesen jetzt schon. Was scheinbar aber auch hilft, ist das Schreiben dieses Tagebuches. Es tut gut, hier alles raus lassen zu können. Hier kann ich wenigstens komplett offen sein und falls es dann irgendwie jemand mal lesen sollte, also du, oder wer auch immer es irgendwann mal lesen wird, vielleicht sogar mein zukünftiges Ich, dann hoffe ich, dass der Leser Verständnis für mein Leiden hat, dieses Leiden in dieser Welt voller sozialer und rechtlicher Zwänge. Wer genießt das heutzutage noch wirklich? Das frage ich mich wirklich. Ich meine, was ist das Leben wert? Was ist das Leben für einen Menschen wert, der nicht all die Farben und Freuden sehen kann? Den Menschen, der immer in seinem alltäglichen Leiden gefangen ist und dem nicht wie mir die Augen von der Sonne, die alles erhellt, geöffnet werden. Ich meine, es ist doch sehr seltsam, im Prinzip bekommen sie kaum was mit, sie klotzen doch ohnehin die ganze Zeit auf ihr Handy, Laptop, Tablet und was weiß ich. Sie verbringen sogar freiwillig stundenlang Zeit in ihrem Zimmer. Was ist der Sinn? Wie traurig muss ein Leben nur sein. Wie bemitleidenswert, wer nicht all das sieht, in der Natur und in den Lebewesen. All die Farben, all die Vielfalt, warum gibt es dafür eigentlich kein Fach in der Schule? Ein Fach, das in der Natur unterrichtet wird, alle Fächer werden ja heutzutage eigentlich in einem geschlossenen Raum gehalten. Warum nicht mal draußen, also wenn das Wetter es auch zulässt?

Es gibt wirklich viel, was ich mich frage, aber ich sollte nun langsam schlafen gehen, morgen ist Schule und wir haben nun 01:00 Uhr.

****

Es tut mir leid, ich hatte gestern keinerlei Zeit mehr, hier auch nur irgendwas reinzuschreiben. Die Schule belastet einen wirklich sehr. Naja, ich sollte mich eigentlich nicht wirklich beschweren, jedoch ist es wirklich nervig, dass man nicht einmal mehr ansatzweise Zeit für sich selbst hat. In China breitet sich ein Virus namens „Corona" aus, also das ja schon seit längerem, anscheinend ist es nicht schlimmer als eine normale Grippe und noch ist es unwahrscheinlich, dass es nach Deutschland kommt. Aber Chinas Reaktion ist wirklich etwas krass, dafür, dass es anscheinend ja nur eine normale Grippe-Mutation ist. Ich habe in den Nachrichten gehört, dass sie sogar die Türen der Infizierten zugeschweißt hätten. Naja, also noch ist es nicht in Deutschland, wird es ja auch nicht, also ich hoffe es einfach mal. Außerdem haben wir ja keine Diktatur, also warum mache ich mir überhaupt Gedanken? Corona ist einfach nur ein wandelndes Meme, ein Witz, der sich durchs Internet bahnt.

****

Heute fühle ich mich gut. Ich bin im Moment einfach nur erschöpft von dem Tag. Jedoch nehme ich mir heute Zeit zum Spazierengehen. Einfach nur, um wieder einen klaren

Kopf zu bekommen. Heute ist das Wetter leider etwas regnerisch und trüb, aber das soll mich jetzt nicht mehr daran hindern, raus zu gehen. Denn trotz des Regens sehe ich all die Vielfalt und die Farben, auch wenn sie heute irgendwie blasser als sonst aussehen. Auch wenn sie nicht extrem blass sind - das jetzt nicht - jedoch irgendwie wirken sie etwas traurig. Ich frage mich, ob das nur mit dem Wetter zusammenhängt.

****

Hey, heute ist ein wunderschöner Tag, der Regen von gestern ist verschwunden und die Sonnenstrahlen erwärmen einem das Herz und die Seele sowie den Verstand. Aber weitaus mehr als das ist heute geschehen. Heute, an einem solch herrlichen Tag, schaffte ich es zwar nicht, in die Natur zu flüchten, jedoch schaffte ich es, Energie aus den Diskussionen zu schöpfen. Ja, es klingt jetzt eventuell etwas seltsam, doch jedes Mal nach einer Diskussion habe ich neue Energie und auch verliere ich jedes Anzeichen von Müdigkeit. Die Diskussionsthemen sind dabei meist egal, ich liebe es einfach zu diskutieren. Ich wäre ein geborener Politiker, denke ich manchmal. Ich könnte stundenlang über ein Thema, sei es auch nur ein noch so kleines, diskutieren und werde einfach nicht müde dabei. Ganz im Gegenteil, ich schöpfe daraus meine Energie. Heute hatten wir eine kleine Diskussion über LGBTQ+ etc., also ob Bars speziell für LGBTQ+ sinnvoll wären. Ich persönlich habe dazu keine konkrete Meinung. Es ist heutzutage auch so, dass man für Meinungen von der Gesellschaft stark kritisiert oder sogar ausgegrenzt wird bzw. werden kann. Jedoch kann ich ja mit dir darüber reden, naja wohl eher schreiben. Dir, mein liebes Tagebuch, vertraue ich so gut wie alles an. Also, vielleicht fangen wir mit dem Grundstein an, meine Auffassung über Sexualität an sich. Ich finde, dass Sexualität im Prinzip nichts weiter als eine Art von Vorlieben ist, nun ja, und diese Vorlieben sind nun mal verschieden. Der eine hat Frauen und der andere Männer gern und dem Nächsten ist es wiederum egal. Ich denke, du verstehst, wovon ich hier schreibe. Auf jeden Fall gibt es für mich nie einen Moment, wo man sagen kann, dass man sich für immer nur einer Vorliebe widmet. Ich meine, man kann nicht im Moment so leichtsinnig über die Zukunft bestimmen, das geht nicht, man kann nur einen momentanen Zustand erläutern, aber das, was in der Zukunft passiert, können wir nicht wissen. Ich finde es falsch, sich direkt festzulegen und sich dadurch freiwillig zu blockieren. Man kann von Glück reden, dass die Gesellschaft heutzutage QUEERS größtenteils akzeptiert. Jedoch stehe ich den Bars, die speziell nur für LGBTQ+ geschaffen wurden, um ehrlich zu sein, auch etwas kritisch gegenüber. Sicher ist es für sie schön, an einen Ort mit nur ihresgleichen zu kommen, jedoch separieren sie sich damit auch. Sie grenzen sich also bewusst selbst von dem Großteil der Gesellschaft aus. Und dann beschweren sie sich, weil sie sich ausgegrenzt fühlen. Irgendwie finde ich dieses Verhalten etwas widersprüchlich. Ich persönlich grenze mich ja auch gerne mal aus. Jedoch beschwere ich mich dann nicht im gleichen Moment darüber. Diese Doppelmoral kann ich wirklich nicht ausstehen. Es ist so erbärmlich, die Schuld immer nur bei jemand anderem zu suchen und nicht einmal im Geringsten bei sich. Was auch eher komisch ist, da ja eigentlich auch heterosexuelle Menschen in die Bars können. Also kommt es letztendlich ohnehin wieder zu einer Durchmischung und man kann sich nicht sicher sein, welche Sexualität jetzt der neben einem hat (außer man fragt halt nach). Warum sollte nicht in jeder Bar das „Gay"-sein normal sein oder akzeptiert werden? Ich meine, wenn die Menschen mehr aufeinander zukommen, miteinander reden und sich kennenlernen, können sich viele der bis jetzt bestehenden Vorurteile auflösen. Es könnte zu einem friedlichen Zusammenleben aller Sexualitäten kommen, keine Sexualität darf ausgegrenzt werden.

Das ist zumindest das, was ich für angemessen betrachte. Dieses gegenseitige Ausgrenzen anderer ist aber auch nur eines der vielen Merkmale des leider immer mehr verbreiteten Egoismus im 21. Jahrhundert.

Naja, ist auch nun egal, ich muss nun aufhören zu schreiben. Bis dann.

****

Die Schule ist vorbei, wie jeden Freitag lege ich nun los mit den außerschulischen Aufgaben. Morgen habe ich vor, eventuell ein Lagerfeuerchen zu machen, ich freue mich schon.

Naja, erstmal muss ich meine Aufgaben erledigen. Bis dann.

****

Hey, im Moment sitze ich einfach nur am Lagerfeuer und freue mich darüber zu leben.

Das Feuer entspannt einen, ich habe eins in einem kleinen Teil des Waldes gemacht, keine Sorge, es ist definitiv kein Waldbrand. Also noch nicht, ich denke aber auch nicht, dass es noch zu einem wird.

Zur Sicherheit habe ich es mit ein paar schönen Steinen, die ich gefunden habe, begrenzt und somit auch gesichert. Dieses Feuer ist wirklich faszinierend! All die schönen warmen Farben, der wohlriechende Duft, das Knistern und die Wärme, die es ausstrahlt. Ja, das alles ist wirklich bezaubernd.

Ich meine, ist es euch schon mal aufgefallen, wie gut die Natur einem doch tut und wie herrlich so ein kleines selbstgemachtes Feuerchen doch sein kann? Letzteres ist mir auch erst heute aufgefallen. Zwar hat dieses Feuer noch lang nicht die gleichen Wirkungen wie die befreienden Strahlen der Sonne, die Strahlen, die all meine Fesseln des Alltags sowie Stresses lösen, jedoch kann man sagen, dass dieses Feuer dennoch hilft. Es beruhigt und fasziniert mich gleichermaßen. Wenn meine Nachfahren dieses Tagebuch irgendwann mal lesen sollten, dann sage ich euch: Ihr müsst das unbedingt mal ausprobieren. Egal, in welcher Zeit ihr dann lebt und was dann erlaubt ist oder nicht. So ein Lagerfeuer ist keine Sünde, es gehört zur Natur, so wie sie geschaffen wurde. Die Natur steckt wirklich voller Wunder und sie entspannt einen, jedes kleinste Element der Natur beeinflusst deinen Geist und deine Seele. Alle auch noch so kleinen Elemente wirken zusammen zu etwas wirklich enorm Großen. Ich bin mir nicht sicher, ob einer das versteht. Doch dem ist so! Ohne Zweifel! Auf jeden Fall! Es ist so, als würden alle Elemente und Lebewesen zusammen Gott sein. Das klingt jetzt seltsam, aber geht man von den meisten Glaubensrichtungen aus, so sieht Gott alles. Viele stellen sich diesen Gott als Person vor. Das finde ich falsch, es macht doch auch viel mehr Sinn, wenn man Gott als Energie bezeichnet, die in jedem von uns Lebewesen steckt. Diese Energie ist überall, ohne diese

Energie läuft nichts und die Energie wird auch überall benötigt, aber auch gleichzeitig ausgestrahlt. Ich finde diesen Glaubensansatz besser. Gott steckt somit in Allem und das haben wir alle gemeinsam. Ich hoffe, dass das einer richtig versteht und nun nicht noch falsch aufgreift oder dergleichen. Wie dem auch sei, ist es nun langsam Zeit, wieder nach Hause aufzubrechen. Ich denke, ich lasse das Feuer noch bis zur letzten Flamme ausbrennen und dann werde ich es löschen. Um ehrlich zu sein, würde ich lieber die Nacht hier im Wald bei meinem Feuer verbringen, anstatt bei mir zu Hause in meinem Bett, auch wenn letzteres natürlich gemütlicher zum Schlafen ist. Aber jedes Mal, wenn ich zu lange im Haus bin oder auch in der Schule, ja dann sehne ich mich nach draußen in den Wald. Es ist wie eine Droge. Der Wald ist für mich wie eine Droge, die mich beruhigt, meine Wunden und Ängste, Sorgen und Qualen heilt und mich im Gesamten einfach nur befriedigt. Ich versuche, mich, so gut es mir möglich ist, um den Wald zu kümmern. Er ist mittlerweile auch schon wie ein Teil meiner Seele. Also, wenn das einer versteht. Ich hoffe es wirklich. So, ich lasse jetzt das Feuer mal ausbrennen und muss dann los. Sonst riskiere ich schon wieder Ärger von meinen Eltern, und ich kann es nicht ertragen, diese Menschen, die mir so viel bedeuten, so zu enttäuschen. Nein, das kann und will ich einfach nicht über mein Herz bringen!

Auf Wiedersehen Wald, meine Droge, meine alle meine Wunden und Narben heilende Medizin, lass es dir gut gehen!

****

Heute ist mal wieder ein herrliches Wetter. Die Sonne strahlt prachtvoll und ich fühle mich wirklich gut. Mal wieder lösen die Strahlen der Sonne all meine Gedanken und Sorgen. Sie befreien einen wirklich, unglaublich und immer wieder auf´s Neue. Hat man einmal diese Erfahrung gemacht, so geschieht sie einem auch immer wieder, es ist ein positiver Teufelskreis, ja, so könnte man es nennen. Ich bin wirklich manchmal auch ein Träumer. Ich will nicht wissen - auch wenn es mich eigentlich brennend interessiert -, was andere Menschen nur von mir denken müssen. Heute ging ich in den Wald, bewaffnet mit einem Zeichenblock und Stift. Heute hat mich der Drang der Malerei gepackt. Ich musste das aufzeichnen, diesen Wald. Meine Medizin. Ich musste es tun. Es war dieses Gefühl in mir, was sagte, was ich machen muss und es hat gut getan. Du kannst dir nicht vorstellen, wie gut es getan hat, mal endlich wieder zu malen. Es ist unglaublich und was noch unglaublicher ist, heute habe ich ein paar Mädchen im Wald getroffen. Also unsere Wege haben sich wohl zufällig gekreuzt und sie lachten mich an, kein Auslachen, es war ein glückliches Lächeln. Ich denke, sie teilten die gleiche Freude wie ich am Wald, die gleiche Entspannung, das gleiche Glück - denke ich. Dabei waren sie ganz anders als die heutigen Mädchen angezogen, sie hatten eher weite Klamotten an, dunkel und hell kombiniert. Es waren keine engen Sachen, das kann ich sagen. Eine von ihnen hatte eine Art Pulli an, der runterhing, als wäre es ein Kleid. Du weißt nicht, wie unerfahren ich in den Beschreibungen von den ganzen Klamottenstücken bin. Also wirklich, ich bin echt scheiße darin. Ich kann mir aber die ganzen Bezeichnungen auch nicht einprägen, vielleicht weil sie für mich nie eine Relevanz hatten, also nicht so eine große Relevanz wie Sport, Musik und Kunst, geschweige denn nicht mal ansatzweise die gleiche Relevanz, die der Wald für mich hat. Wie dem auch sei, ich versuche, sie dir nun zu beschreiben:

Es waren drei Mädchen. Die Erste hatte, wie schon gesagt, dieses Pulli-Kleid an. Es sah wirklich gemütlich aus. Sie hatte braune lange Haare und ein etwas fülligeres Gesicht, jedoch war sie nicht dick oder fett, nein das nicht, auf keinen Fall, nur etwas gut bestückt. Die Zweite war größer als ich, sie war dünn und lang und hatte kaum was an Oberweite – okay, wen interessiert es eigentlich? Auf jeden Fall hatte sie ebenso braunes Haar, etwas gelockt und sie hatte Sommersprossen. An ihre Kleidung kann ich mich nicht mehr genau erinnern. Es waren, glaube ich, ein Jeans-Jäckchen und eine normale Jeans-Hose. Die Dritte von ihnen war wirklich wunderschön. Auch sie hatte diese Art von braun-roten Haaren, lange Haare, kaum Locken und ein so wunderschönes Gesicht. Als ich sie bemerkte, stach sie mir sofort ins Auge, ihre Proportionen vom Körper und auch, wie ich sie über mich reden hörte, als ich an ihr vorbeiging. Ich glaube, als sich unsere Blicke in Bruchteilen einer Sekunde getroffen haben, da war es so, als würde man versuchen, zwei Magnete aneinander vorbeizubewegen. Sie hielt kurz inne. Mir war das unangenehm, so bin ich rasch weiter meines Weges gegangen. Ich hörte noch, wie sie kicherten und miteinander tuschelten. An ihre Klamotten kann ich mich noch ganz genau erinnern. Ja, das kann ich. Sie war so anders, in allem, was ich bislang gesehen hatte. Anders als die meisten Mädchen, die ich bis jetzt kennengelernt habe oder sehen konnte. Ihre Klamotten waren locker und auch streng. Sie trug einen regenbogenfarbenen Gürtel und ein schwarzes Kleid, sowie ein Jäckchen. Aber das war eigentlich nicht das, was mich so reizte. Ich weiß auch, um ehrlich zu sein, nicht wirklich, wie ich mir die ganzen Details so gut merken konnte. Sie wirkte einfach so vertraut, es war einfach mehr als nur das Aussehen, was mich ansprach. Ihr Lächeln war so schön wie die Sonne und auch wenn ich ihr so fern war, fühlte ich mich irgendwie für einen auch nur kurzen Moment geborgen. Ich denke, ich habe mich vielleicht etwas in sie verguckt. Dabei glaube ich doch gar nicht an die Liebe auf den ersten Blick, ist das auch wirklich Liebe? Nein! Niemals! Oder versuche ich gerade mich einfach vor Tatsachen zu verstecken? Aber ich denke, mir gefällt sie einfach, das kann doch jetzt noch keine Liebe sein, wie könnte es auch, ich Narr. Ich hätte sie nach ihrem Namen und ihrer Handy-Nummer fragen sollen, ich Idiot, wieso fällt mir das jetzt erst ein, wieso fallen einem erst dann die Sachen ein, die gepasst hätten, wenn der Zeitpunkt schon verpasst ist. Oh MANNNNNNNNN. Das kann doch wohl nicht wahr sein, ich meine, sowas Reizendes sieht man nicht alle Tage und - oh Mann - ich könnte heulen. Ich benehme mich gerade wie ein kleines Kind, was ist denn nur los mit mir?

Wie dem auch sei, ihr Gesicht war so wunderschön, also lieblich. Sie hat ein wirklich schönes Lächeln, was eines jeden Herzen erfreut und glücklich macht. Ich hoffe, dass ich sie bald mal wieder sehe.

Ich wünsche es mir wirklich sehr, dieses Lächeln muss ich unbedingt noch einmal sehen, ich muss es sehen. Es war wirklich einfach unvorstellbar herrlich, man kann es gar nicht mit Worten beschreiben! All die Worte werden dem einfach nicht gerecht. All meine Gedanken spielen gerade verrückt. Wie mag ihr Name nur lauten? Was ist sie für ein Mensch? Ach, ich war schon immer so neugierig, aber das? Das hier ist ein ganz, ja mir unbekanntes Level an Neugierde und Wissensdurst. Ach, helfe mir doch jemand, bitte. Diese Neugierde bringt mich noch um, sie raubt mir den Verstand. Werde ich sie jemals wieder sehen? Habe ich meine Chance verpasst, diesen Menschen näher kennenzulernen? Oh Mann, wer bin ich nur? Ich bin wirklich ein erbärmlicher, kleiner Jammerlappen.

Wir haben nun auch schon wirklich spät am Abend, aber ich kann einfach nicht loslassen, meine Gedanken rauben mir einfach all meinen Schlaf. Morgen ist Schule, warum bin ich nur so nervös und aufgeregt? Da fällt mir auf, ich denke, ich habe sie schon mal irgendwo gesehen, vielleicht im Bus oder mal in der Stadt, ach ich weiß nicht. Oh Mann! Hilfe! Ich wünschte, ich hätte noch Schlaftabletten oder dergleichen. Aber nein, die habe ich ja auch nicht mehr, was für ein Scheiß, Mann. Hilfe! Ich nerve mich mittlerweile wieder selbst. Ich weiß nicht, ob du das kennst, wenn du dich einfach nur selbst nervst und jede kleinste Handlung oder Nicht-Handlung alles nur noch schlimmer macht. Ich muss in den Wald. Ich muss mich beruhigen. Ich …. Ich muss zu ihr. Oh fuck Mann. Das darf nicht wahr sein, all meine Sinne und Gedanken spielen wirklich verrückt, aber es kann doch nicht sein, dass ich sie liebe, ich meine, nach einem Tag geht das doch gar nicht, nach ein paar Sekunden. Komm schon, das ist, das kann einfach nicht wahr sein. So, ich versuche jetzt langsam zu schlafen, ich weiß nicht, ob ich es überhaupt hinbekommen werde, aber ja, ich versuche es mal.

Gute Nacht. Das einzige, was meine Leiden beendet, ist jetzt wohl nur noch der Schlaf, hoffentlich plagt es mich nicht auch noch in meinen Träumen…

Bis dann, wenn ich wieder Zeit habe und bei Sinnen bin.

****

Heute war ein wirklich anstrengender Tag.

Du willst nicht glauben, wovon ich geträumt habe. Ich habe sie mich anlächeln gesehen, das geschah mir im Traum. Wieso können meine Gedanken nur nicht ruhen? Die Chance, dass ich sie wiedersehe, ist wohl so gering, aber ich weiß, dass wenn ich sie wieder sehen sollte, ich sie auf jeden Fall fragen werde, ja, ich werde es tun, ich muss einfach. Ich werde sie nach ihrem Namen und ihrer Handy-Nummer fragen. Vielleicht können dann meine Gedanken endlich wieder ruhen.

Nicht mal in der Schule konnte ich mich ordentlich konzentrieren, zum Glück kann mich mein Freund, also Freund aus der Schule, Fritz, verstehen, ich habe ihm geholfen, eine Freundin zu suchen. Eigentlich bin ich ein guter Beziehungsvermittler und auch Berater, jedoch kann ich meine eigenen Ratschläge bei mir selbst nicht anwenden. Ich weiß nicht, ob mich einer versteht, aber ich hoffe es wirklich sehr, dass ich mit diesem Problem nicht allein auf dieser Welt dastehe.

Ich muss mich nun für eine morgige Arbeit vorbereiten. Gute Nacht schon mal, auch wenn du nur ein Buch bist, wünsch mir bitte Glück.

****

Oh Gott, du kannst nicht glauben, wie sie mir meinen Kopf verdreht! Selbst der Wald hat heute nicht geholfen, meine Gedanken auch nur ansatzweise frei zu machen, ich kann mich nicht einmal mehr wirklich auf die Schule konzentrieren. Oh Gott, hilf mir! Aber irgendwas, ich weiß noch nicht einmal was, irgendwas reizt mich so sehr an ihr, obwohl ich sie nur erst einmal gesehen habe. Es kam mir vor, als würde ich sie schon längst kennen. Jemanden, den ich schon mal kannte, der dann in Vergessenheit geraten ist durch den ganzen Stress und nun wieder wie aus dem Nichts erscheint. Ist das noch Zufall? Kenne ich sie vielleicht wirklich schon irgendwo her? Was ist nur das Ziel von meinen Gedanken? Ich meine, ich kann nichts dran ändern, meine Gedanken kontrollieren mich, und jedes Mal, wenn ich daran denke, so bin ich voll und ganz versunken. Wie ein Schlaf, aus dem mich niemand erwecken kann, beinahe wie ein Traum. Ich muss mit jemanden darüber reden. Wieso auf einmal dieser seltsame Umschwung mit mir? Mit meinem Kopf? War ich nicht noch vor ein paar Tagen der Glücklichste der Welt? Befreit von aller Last? Und nun hat mein Kopf mir scheinbar neue Fesseln auferlegt, auch wenn diese noch angenehmer sind als die alten, doch passt der alte Schlüssel nicht mehr. Nicht einmal mehr die Sonne konnte mich aus meinen Gedanken erwecken, NICHT EINMAL SIE. Und das muss was heißen, schließlich war es die Sonne, die mir erst wieder ermöglicht hat, frei zu sehen und mich auch frei zu bewegen. Ja, sie hat ermöglicht, dass ich mich wieder selbst klar sehen konnte. Doch was nun jetzt? Nun bin ich mir unsicher über mich selbst. Die Natur ist so herrlich, doch noch nicht einmal sie hat mich aus den Gedanken über dieses Mädchen reißen können. Ach, wenn ich doch nur ihren Namen kennen würde. Wenn ich nur wenigstens das wissen würde. Aber nein, ich sollte mich wirklich nicht da reinsteigern. Der Name alleine würde mir auch recht wenig bringen. Doch wie genau gehe ich jetzt damit um? Ich kann mir wohl nur noch selber helfen. Ich werde mich demnächst wieder in die Natur begeben, raus aus diesem Zimmer, es kommt mir vor wie ein Gefängnis meiner Gedanken. Vielleicht ist es auch nur die Langeweile, die meine Gedanken so antreibt, aber das kann auch nicht sein, sie muss was

Besonderes sein… Vielleicht ist es Schicksal… ach, gibt es das überhaupt? Was soll Schicksal sein, ich meine alles baut aufeinander auf. Wäre ich vor ein paar Tagen nicht in den Wald gegangen, ach, hätten mich nicht vor einem halben Monat die Sonnenstrahlen so getroffen, hätten sie nicht meine Fesseln gelöst, so wäre ich wohl nie auf sie gestoßen. Es ist doch alles so groß und so schwer in Worte zu fassen. Jeder Zufall der Vergangenheit, jede Entscheidung, die ich je getroffen habe, hat im Endeffekt doch dazu geführt, dass ich sie getroffen habe, als hätte es nicht anders laufen können, als wäre nur dies das einzig Mögliche gewesen.

Ja, es mag wohl komisch klingen, doch ich weiß auch nicht ganz, wie ich das nun alles zuordnen und zusammenfassen soll, mein Kopf ist Matsch, ich bin hin und weg und kann auch nicht mehr wirklich klar denken. Herr Gott, dabei habe ich sie doch erst einmal in meinem Leben gesehen. Wieso plagen mich nur solche Gedanken. Wieso bilde ich mir nur Sachen ein, als würde sie je Gefallen an mir haben können. Aber ihr Blick, er sagte doch schon alles oder bilde ich mir das nun auch wieder nur ein. Ich bin ein Tor, ich bin wirklich ein Narr. Es gibt wohl keinen Dämlicheren unter der Sonne als mich. Ich hoffe, dass einer überhaupt meine Gedanken verstehen kann, vermutlich verwirren sie alle nur. Jedoch ist das die Realität. Ja, ich selbst bin von meinen widersprüchlichen Gedanken regelrecht geblendet. Ich meine, ich versuche stets differenziert zu sein und alle Möglichkeiten, die in Frage kommen, zu betrachten, aber es sind einfach zu viele!

Ja, manchmal komme ich mir sogar so vor, dass ich denke, dass ich gar keine wirkliche Meinung habe, sondern nur Pro und Contra auswerte, wie bei so Themen wie Rauchen und Drogen. Ja, da bin ich wirklich wohl seltsam drauf. Ich bin der Auffassung, dass der Konsum per se in Ordnung ist, jedoch nur, wenn man ihn auch unter Kontrolle hat. Das Problem ist wohl, dass die wenigsten, die süchtig sind, auch zugeben würden, dass sie es nicht mehr unter Kontrolle haben. Menschen sind seltsam, ja, auch diese Doppelmoral, die in jedem von uns tief im Innersten verborgen ist. Wir verlangen meist Dinge von anderen, die wir selbst vermutlich niemals in der Lage wären zu erfüllen. Jedoch erwarten wir es von anderen und sind dann tot traurig oder gar erzürnt, wenn sie dem nicht gerecht werden können, wozu man selbst auch nicht imstande ist. In was für einer Welt leben wir nur? Warum können wir Menschen nicht jeden so behandeln wie wir uns auch selbst lieb sind? Was ist daran nur so schwer? Und was ist nur daran so schwer und falsch, Liebe zu zeigen? Ja gut, es ist auch wirklich schwer. Meine Worte sind wohl leichtsinnig und leichter gesagt als die Taten wirklich getan sind. Liebe ist ein unbeschreibliches Gefühl. Einerseits ist Liebe doch eine Art Kette. Ich meine, wir zwingen uns selbst, auf Freiheiten zu verzichten und opfern uns selbst immer mehr für den anderen auf. So ist es bis jetzt bei mir gewesen. Ich denke immer daran, dass die andere Person auch ein Teil von mir ist. Es fühlt sich auch immer so an, zumindest hat es sich bis jetzt immer so angefühlt. Und selbst wenn ich eine Beziehung beendet habe, so ist es immer so gewesen, dass diese Liebe zueinander nie wirklich erloschen ist, sondern die gegenseitige Fürsorge immer noch vorhanden blieb. Ach, warum erzähle ich das Ganze überhaupt, warum schreibe ich das ganze Zeug eigentlich hier rein? Ich tue es in der Hoffnung, dass es mir dadurch besser geht und ich wenigstens einen freien Kopf bekomme. Nur Gott weiß, wo das hier wohl endet. Ich denke, ich lasse das Schreiben für den heutigen Tag mal lieber gut sein. Es tut mir leid, wenn ich ein wenig viel wirres Zeug hier reingeschrieben habe, doch musste das alles einfach mal raus. Meine Gedanken, ja ich weiß, sie sind wirklich breit gefächert. Ja, es ist wie eine Autobahn, die ich als Fußgänger versuche zu überqueren und ständig schießt ein Auto, was ich vorher nicht sehen konnte, über diese Bahn und ich komme einfach nicht mehr weiter. Ich bin blockiert und die Autos stehen sozusagen für meine Gedanken. Doch ich kann nicht an mein Ziel kommen, da die Gedanken die ganze Zeit dazwischen kommen, immer wenn ich weitergehen will. Und dann bekomme ich wieder das Verlangen, nach draußen auf den Berg in die Wälder zu gehen und mich einfach nur noch zu befreien. Naja, eher ist es die Hoffnung, dass sie mich befreien.

Wie dem auch sei, ich denke, ich lege nun besser meinen Stift nieder und ruhe mich etwas aus, in der Hoffnung, dass der morgige Tag besser wird.

****

Ich glaube, ich habe es geschafft. Ja, ich musste heute den ganzen Tag ausnahmsweise mal nicht an sie denken. Obwohl ich gerade theoretisch ja wieder an sie denke, da ich mal wieder über sie schreibe. Egal, was soll's. Sie geht mir zum Glück wieder aus dem Kopf und ich konnte mich auch ausnahmsweise mal wieder der wunderbaren Natur widmen, genauer gesagt unserem Wald auf den Bergen, direkt in meiner unmittelbaren Nähe. Die Sonnenstrahlen haben mich wieder befreit. Auch heute schienen sie mir nach der Schule und erlösten mich gar einem Zauber gleich von meinen in den letzten Tagen quälenden und bedrückenden oder sagen wir verrückt machenden Gedanken, die mir meinen Verstand geraubt haben. Ach, dieses Mädchen, sie hat mich meiner Vernunft beraubt. Du wirst es mir nicht glauben, jedoch ist heute der erste Tag gewesen, an dem ich mich endlich wieder auf die Schule und auf die alltäglichen Tätigkeiten konzentrieren konnte. Das war wirklich besonders. Ich will ja gar nicht wissen, wie schlecht meine Mitarbeit wohl in den vergangenen Tagen gewesen ist, hoffentlich hat es einen nicht allzu großen Einfluss auf meine Endnote. Jetzt zählt es schließlich zum Abitur und das entscheidet letztendlich traurigerweise über meine Zukunft. Jede Entscheidung, die ich jetzt treffe oder je getroffen habe, formt meine Entscheidungen, die ich auch in Zukunft treffen werde, ich darf das wirklich nicht verbocken!

Ich denke, ich nehme mir mal die nächsten paar Wochen Zeit, um mich nur auf die Schule und den Wald zu konzentrieren. Ich möchte mich nicht ablenken lassen. Bis dahin, bis in ein paar Wochen, liebes Büchlein. Falls was geschehen sollte, werde ich mich selbstverständlich bei dir melden! Liebe das Leben! Bis dann.

****

Liebes Buch, Corona wird zunehmender zu einen Thema in den Nachrichten. Heute gab es den ersten Infektionsfall in Deutschland. Wie konnte das passieren? Wenn man doch wusste, dass sich sowas ausbreitet, warum hat man den Verkehr zu China nicht vollkommen lahmgelegt oder wenigstens kontrolliert? Am Ende sind wir noch alle am Arsch deswegen. Ich hoffe einfach, dass die gefundene Person nicht noch mehr Leute angesteckt hat und wir vernünftig als Gemeinschaft und Land agieren. Ich hoffe es wirklich. Aber solange das Virus nicht wirklich tödlich ist, ist es auch noch kein wirklich besorgniserregendes Problem. Das Problem ist eher, dass wir nicht wissen, mit was wir es zu tun haben werden. Ich denke, solange es nur eine

Art Grippe ist, verstehe ich wirklich diese Panik nicht. Außerdem wird ja gesagt, dass in Deutschland allgemein nur ein geringes Risiko einer Infektion besteht. Und solange das so bleibt, denke ich, ist das alles auch noch irgendwie okay.

Jetzt mal noch ein kleines anderes Thema. Bald schmeißen ich und meine Klasse eine kleine Stufenparty. Alkohol, Shisha und was weiß ich noch alles. Auch wenn ich sagen muss, dass ich gar kein allzu großer Fan von Shisha bin, aber egal, ich muss es ja auch nicht machen. Die Party soll so gegen Ende März sein und die wird groß, denn mehrere Geburtstage werden nachgefeiert. Ich habe lange nicht mehr exzessiv gefeiert, es fehlt mir. Mal gucken, wie es so wird und vielleicht komme ich ja jemandem näher. Ja, mal sehen, wie es so wird. Ich freue mich.

****

Helau und Alaaf! Und geile närrische Tage wünsche ich allen.

Heute kommen ein paar Freunde von mir vorbei, um gemeinsam nach dem Zug Karneval zu feiern. Zwar ist es keine offizielle Kostümparty, aber wer braucht das schon. Das Wichtigste ist, dass man einfach Spaß hat, sich versteht, miteinander trinkt, singt, tanzt und lacht. Ich bin froh, meine Freunde zu haben. Wie dem auch sei, ich muss jetzt noch ein paar Vorbereitungen treffen. See you next time!

****

Hey, die Party, von der ich dir erzählt habe, war richtig geil. Es war voll das Fest! Das Feiern tut meiner Seele so gut und entlastet sie von manchen Sorgen. Doch leider hat so manche Karnevalsfeier im Nachhinein scheinbar nicht nur Gutes bewirkt…

Heute, einen Tag nach Aschermittwoch, kam die Meldung, dass es in Heinsberg, genauer in Gangelt, zu einer Masseninfektion mit dem neuartigen Coronavirus kam. Mehrere hundert Leute befinden sich nun in Quarantäne.

Um ehrlich zu sein, habe ich jetzt Angst, dass sich nun auch bei unserer Party, die ich ja wohl zu verantworten habe, meine Freunde infiziert haben könnten. Ich meine, wenn es irgendwo auf einer Karnevalssitzung am Niederrhein passieren konnte, warum sollte es dann nicht auch bei mir direkt in der unmittelbaren Nähe passieren können? Ich hoffe einfach, dass keiner infiziert war und wurde.

****

Corona fuckt echt ab, es fängt an zu nerven, es wird nur noch darüber geredet und anscheinend haben unsere Strategen das vollkommen unterschätzt. In Italien ist es jetzt ganz extrem mit vielen Toten und schrecklichen Bildern aus Krankenhäusern. Ich bin eben in den Wald geflüchtet, um mich abzureagieren, um wieder atmen zu können und runter zu kommen. Die ganzen Medien sind voll davon. Erst haben wir uns in unserer vollkommenen Arroganz und Besserwisserei lustig über die Chinesen gemacht und jetzt wird es so ernst genommen, als ob eine Infektion gleich das Todesurteil bedeutet… Das ist irgendwie alles so surreal. Bald wollen sich die Politiker treffen und neue Pläne zum Schutz der Bevölkerung besprechen und aushandeln, vielleicht eine Art Lockdown, also für uns Schüler wohl mehr Ferien und Freizeit, denke ich. Ich hoffe einfach nur, dass es am Ende nicht so wie in China wird, dass wir komplett isoliert werden…

****

Viele Menschen reagieren gerade mit extremer Panik, und das alles wird immer krasser. Es fühlt sich an, als würden sie sich auf den Untergang der Welt vorbereiten. Es werden Desinfektionsmittel und Nudeln gebunkert, sogar Toilettenpapier gibt es nicht mehr zu kaufen. Das fühlt sich alles so fucking surreal an. Ich habe Angst, dass das alles nur schlimmer wird, diese Unvernunft und Angst der Menschen. Angst war noch nie ein guter Ratgeber in Zeiten von Krisen und ich finde es einfach nur erschreckend, wie innerhalb einer so kurzen Zeit alles so krass anders werden kann. Ich hoffe, dass die Menschen wieder zur Vernunft kommen und nicht dem Egoismus verfallen… Die Gesellschaft spaltet sich immer mehr und der Egoismus wächst immer mehr. Es wird sich um sich gesorgt, aber die, die es wirklich brauchen, die bekommen nichts. Die einen haben Nudeln im Überschuss, während die anderen nichts bekommen. Sie kaufen kiloweise Toilettenpapier, um sich davon 10 Jahre ihren Arsch abwischen zu können und andere bekommen nicht mal eine Rolle…. Ich hoffe wirklich, dass diese Angst nicht überhandnimmt und dadurch der Verstand ausfällt.

Ich muss mich jetzt auch auf die Schule konzentrieren, versuche jetzt erstmal eine kleine Auszeit vom Schreiben zu machen…

By the way, meine Geburtstagsparty – ich werde morgen 17 - wird nun definitiv nicht stattfinden, da solche Veranstaltungen jetzt auch im Privaten verboten sind. Man soll sogar seine eigenen Großeltern nicht mehr besuchen dürfen, sagen sie in den Nachrichten. Alles ganz schön traurig. Manche nehmen es aber nicht so ernst und feiern dennoch. Naja, irgendwie ist das hier doch alles sehr, sehr seltsam. Es fühlt sich so an, als würden den Menschen immer mehr Fesseln angelegt, um sie am Ende immer fester zu ziehen… Hoffen wir einfach mal das Beste….

****

Home-Schooling - wir wurden von einem Tag auf den anderen in einen Fernunterricht verlegt. Gestern meinten sie noch, dass es vermutlich, entgegengesetzt zu vielen Gerüchten, nicht zu einer Schließung der Schulen kommen wird und was geschah heute? Heute wurde uns mitgeteilt, dass die Schulen vermutlich vorübergehend geschlossen werden. Noch weiß ich nicht so ganz, was ich nun genau davon halten sollte, es wirkt alles irgendwie einfach so komplett verworren und intransparent. Wer beschließt das eigentlich?

****

Heute ist eigentlich nichts Besonderes passiert. Ich war in der Schule, also digital von zu Hause aus, und danach in der Stadt, auch wenn mittlerweile sogar alle Geschäfte und Restaurants geschlossen sind. Das Home-Schooling - oder wie auch immer dieses neue Wort geschrieben wird - funktioniert nicht wirklich. Ständig stürzen die Schul-Server ab, dann macht jeder Lehrer sein eigenes Ding, voll das Chaos. Im Allgemeinen ist es ein sehr trüber bewölkter Tag und die Städte sind voller gesichtsloser Gesichter, denn jetzt soll man auf einmal Masken, einen sogenannten

Mund-Nasen-Schutz tragen… Vor ein paar Tagen wurde dessen Wirksamkeit von unseren Virologen-Experten der Regierung allerdings noch vollkommen bestritten. Was und wem soll man eigentlich noch glauben?

****

Naja, wie dem auch sei, heute wollte ich mir mal eine kleine Auszeit von allem gönnen, nichts Besonderes. Einfach nur was Gutes, Selbstgekochtes essen. Eigentlich wollte ich mir Nudeln machen, aber ja, die sind halt einfach ausverkauft. Und dann werde ich vielleicht mal seit langem wieder ein Bild malen. Ich weiß nicht wieso, aber die Natur und Kunst helfen mir irgendwie, dieses momentan so graue und vernebelte Leben etwas schöner und freudiger zu gestalten. Auch wenn ich anmerken muss, dass ich nun seit über einem Monat, seitdem das Ganze mit Corona anfing, immer weniger soziale Kontakte habe. Ich vermisse es zu helfen, ich vermisse es irgendwie gebraucht zu werden, das fehlt mir alles… Ich kann es nicht beschreiben, vielleicht wären viele happy darüber, wenn sie mal nicht gebraucht werden würden, für auch nur einen Moment, aber mich erschlägt es förmlich. Ich weiß ja auch nicht so recht. Manchmal weiß ich ja nicht einmal mehr warum ich existiere, was das alles noch soll und was weiß ich. So ein Zeug halt. In der Schule bin ich so ruhig, ich weiß es nicht… momentan ist es noch erträglich, aber selbst mit den Menschen, mit denen ich sonst früher immer geredet und gequatscht habe, denen höre ich nur noch stumpf von Weitem zu. Naja egal, ich wollte mir doch mal einen angenehmen Tag machen, vermutlich kommt das alles nur von der vielen Nachdenkerei, den Selbstzweifeln und alles.

Ich überdenke ja auch alles. Was will man machen… tschüss, ich gönne mir jetzt erstmal eine Dusche.

****

Home-Schooling ist echt etwas anstrengend, wir bekommen ständig neue Aufgaben und ständig gibt es Probleme mit Moodle, so heißt unsere neue Lernplattform. Du wirst es mir nicht glauben, aber ich muss sagen, dass ich irgendwie den normalen Unterricht vermisse. Vor allem aber den Kontakt zu meinen Freunden. Zwar lenkt mich das gemeinsame Online-Zocken mit ihnen manchmal etwas ab, aber wirklich ergänzen tut es den „normalen" sozialen Kontakt auch nicht. Also, ich hoffe mal, du verstehst was ich meine.

Ich bin froh, wenn das Ganze vorbei ist. Einige Wissenschaftler gehen sogar davon aus, dass nach den Sommerferien das Ganze hier endlich ein Ende hat und es wieder normal weitergehen kann. Es heißt sogar, dass es vielleicht zu Lockerungen der Maßnahmen an Pfingsten kommen kann, das ja erstaunlicherweise schon bald ist.

Ich hoffe und wünschte mir, dass das nicht nur ein Gerücht ist. Denn auch, wenn bis jetzt noch nichts wirklich feststeht, also das mit Pfingsten und so, so planen dennoch ein paar Kumpels von mir, eine kleine Party zu schmeißen und was soll ich sagen, ich habe extrem Bock! Dann hätten die Tage meiner Einsamkeit ein Ende und wir könnten endlich wieder jung sein und unsere Jugend auch leben.

****

Es steht fest! Nach einigen Debatten hat sich unsere Regierung endlich entschieden. Zumindest in Rheinland-Pfalz werden ab den morgen beginnenden Pfingstfeiertagen die Corona Maßnahmen gelockert.

Zweimal kannst du raten was das heißt… Es wird - ge- feiert!!!

Ja, ich habe Bock, bin extrem gehypt und mal gucken, wer alles so kommen wird. Klar, dass ist in dem Ausmaße eventuell nicht wirklich soooo legal, wir wissen es eben nicht so genau, weil jeder was anderes sagt und nichts eindeutig von dem Ministerium vorgegeben wird. Aber ja, um ehrlich zu sein müssen wir das jetzt wohl einfach in Kauf nehmen. Wir haben uns dazu entschlossen, draußen feiern zu gehen, etwas versteckt, sodass nicht gleich die Polizei oder das Ordnungsamt auftaucht und wir Strafgelder zahlen müssen.

Shisha, Tabak und Alkohol ist schon soweit besorgt. Jeder bringt etwas mit und dann legen wir gemeinschaftlich zusammen. Zur Feier des Tages hat sogar jemand Weed besorgen können. Zwar ist damit unsere Party alles andere als legal, aber um ehrlich zu sein, sind manche Regulierungen - bezogen auf Drogenlegalität - etwas übertrieben.

Ich meine, wenn jemand Drogen konsumieren will, dann wird er es auch tun. und zwar unabhängig davon, ob es nun legal oder illegal ist. Wenn Drogen wie Weed legalisiert werden würden, könnte man einerseits riesen Profit daraus schöpfen, andererseits aber auch für die Gesundheit von Konsumenten vorsorgen, da das dann zu kaufende Weed gesundheitlichen Reinheitsrichtlinien unterliegen würde. Schließlich ist es selten, dass Weed selbst schädlich ist, sondern viel eher das, womit es von den Dealern gestreckt wird. Auch kann man es ja so machen, dass man Weed, genauso wie Alkohol, nur ab einem bestimmten Alter erwerben kann, damit ist auch eine höhere Kontrolle gewährleistet, da es nicht mehr über den Schwarzmarkt, sondern offizielle Läden gehandelt werden könnte. Womit meiner Meinung nach wirklich enorme Chancen für einen riesigen, neuen Markt verbunden sind! Am Ende würde damit auch eine Kriminalisierung der Konsumenten entfallen und die Kriminalität im Drogenbereich wahrscheinlich erheblich sinken. Der Staat könnte somit Steuern sparen und gleichzeitig zusätzliche Steuereinnahmen aus dem legalen Verkauf generieren. Eigentlich eine klassische Win-win-Situation, oder nicht?

Wie dem auch sei, ich werde jetzt noch ein paar Vorbereitungen mit meinen Freunden und Freundinnen bezüglich der Snacks und Musik treffen. Wir müssen noch unsere Musikboxen etwas rumschleppen und auch das Ganze logistisch noch etwas überdenken.

Ich kann gar nicht richtig ausdrücken, wie sehr ich mich freue, bald all meine Freunde und Freundinnen wieder sehen zu können.

Bin dann mal los, see you later!

****

Guten Morgen! Alle Vorbereitungen sind abgeschlossen und heute wird endlich gefeiert. Was soll ich sagen, ich bin etwas aufgeregt. So ein Gefühl habe ich nun wirklich schon seit Längerem nicht mehr gehabt, ich habe die totale Vorfreude. Hoffentlich läuft nichts aus dem Ruder und selbst wenn, man sollte sich ja wohl mal auch in seiner Jugend etwas ausleben dürfen, oder? Wenn nicht jetzt, wann dann in unserem Leben? Wir sollten solange die Chancen nutzen, die wir haben, solange es noch möglich ist und die Regelungen nicht allzu streng sind. Wer weiß, was noch alles kommt.

So, aber jetzt mal Themawechsel.

Ich gehe nun an den Party-Ort und werde mich mit ein paar Freundinnen vorab treffen. Ich habe sie so lange nicht mehr gesehen.

****

Du weißt gar nicht, wie gut die Party getan hat, ich konnte endlich wieder Gesichter sehen, Gesichter, die ich gefühlt eine Ewigkeit nicht mehr gesehen habe. Es war wirklich krass. Alle waren gut drauf, etwas auf Drogen, aber nichts ist eskaliert. Alle waren einfach happy und haben getanzt, gegessen, geredet, geraucht, getrunken, geknutscht, rumgemacht und was weiß ich noch. Ich habe auch etwas getrunken und mit etwas meine ich etwas viel. Ich weiß nicht mehr genau, aber ich glaube, ich habe irgendwann mit jemandem rumgeknutscht. Du solltest die Blicke der anderen Mädchen sehen, denn dann könntest du sie mir ja beschreiben, denn ich kann mich weder an die Person noch an irgendwelche Blicke erinnern. Naja, wie dem auch sei. Es war eine geile Zeit und es kam auch keine Polizei. Eigentlich ist das sogar recht überraschend, denn ich glaube, dass wir relativ sehr laut waren. Eigentlich kann ich mich auch nicht mehr wirklich an das Ende erinnern. Alles ist etwas verschwommen und ich habe auch schon den ganzen Tag über Kopfschmerzen. Was soll's, ist halt ein Kater. Morgen wird's mir wieder besser gehen.

Ich weiß nur, dass ich mich trotz des körperlichen Unwohlseins irgendwie extrem gut und befreit fühle. So viel besser als in den Monaten davor. Der soziale Kontakt hat mir anscheinend wirklich gefehlt.

So, ich ruhe mich jetzt aber dennoch mal aus, denn diese Kopfschmerzen nerven. Bis denne!

****

Hallo! Was ist jetzt schon wieder alles los! Demonstrationswellen ziehen über Amerika bis nach Europa, letztes Jahr Klimastreiks von FFF („FridaysForFuture") und seit Neuem nun auch „Black lives Matter". In den USA wurde ein Schwarzer von einem weißen Polizisten bei einer Festnahme so zu Boden gedrückt, dass er dabei starb. Das hat wohl das Fass in den USA zum Überlaufen gebracht. Die Leute dort lehnen sich nun auf gegen eine von Fehlern behaftete Politik. Polizisten, die nicht den Menschen, sondern nur eine Hautfarbe oder Rasse sehen und Politiker, die ihre Blicke nach hinten aber nicht nach vorne gerichtet haben...

Es kann doch eigentlich wirklich nicht so schwer sein, Politik mit gesundem Menschenverstand zu machen, Politik, die zukunftsorientiert ist. Auch wenn ich verstehen kann, dass es schwer ist, das Wohl oder die Interessen aller durch eine Politik zu erfüllen, dennoch sollte es doch wirklich nicht allzu schwer sein, Politik mit einem gesunden Menschenverstand zu machen.

Auch sollte es mal möglich sein, dann zu handeln, wenn mögliche zukünftige Probleme erkannt wurden, anstatt erst damit zu warten, bis sie schon längst da sind und alle darunter leiden.

Aber anscheinend ist das ja zu schwer, die Augen und das Gehirn offen zu halten.

Wie dem auch sei, finde ich es gut, dass man sich dagegen wehrt, gegen die Ungerechtigkeiten, die immer wieder zu gerne geschehen. Auch wenn man sagen muss, dass Deutschland eigentlich keine wirklichen Rassismus- oder Sexismus-Probleme hat. Zumindest läuft es hier um einiges besser als in anderen Ländern und ich denke, dass man das auch mal wertschätzen kann. Klar, es ist wirklich nicht alles immer perfekt. Keineswegs! Jedoch stellt sich auch die Frage, ob es sowas wie perfekt in dem Fall überhaupt geben kann, schließlich werden sich immer irgendwie Menschen ausgegrenzt oder missverstanden fühlen.

Was ich jedoch nicht verstehe, ist, warum man den körperlichen Merkmalen, (z.B. Hautfarbe, Geschlecht etc.) überhaupt eine solch große Bedeutung verleiht.

Es sind doch letztendlich einfach nur Körpermerkmale, mit denen wir geboren wurden. Vielleicht lassen sich gewisse Charaktertendenzen/ Neigungen je nach Körpermerkmal-„gruppe" finden, also zum Beispiel beim Geschlecht, aber das sind auch nur Tendenzen und keine universell für alle geltenden Regeln.

Wenn man Menschen aufgrund ihres Geschlechtes, ihrer Sexualität, Hautfarbe etc. kategorisiert, pauschalisiert und somit ausgrenzt, wird man auch nie ihr wahres Potential erkennen. Übrigens, das gilt auch für die „alten weißen Männer" die ja paradoxerweise ausgerechnet von den „Antirassisten" als der Grund allen Übels herangezogen werden. Das ist natürlich ebenfalls rassistisch und ebenso wenig zu rechtfertigen. So einfach mit dem „Nicht-rassistisch-sein" scheint es dann offensichtlich doch nicht zu sein.…

Nur weil eventuell jemand zum Beispiel das gleiche Geschlecht oder die gleiche Hautfarbe hat wie jemand, mit dem du schlechte Erfahrungen gemacht hast, heißt das nicht automatisch, dass diese Person den gleichen Charakter mit sich bringt oder du mit dieser Person die gleichen schlechten Erfahrungen machen wirst.

Zumal die schlechten Erfahrungen ja eher etwas mit dem Charakter und der Art des Menschen zu tun haben.

Aber wie dem auch sei, hoffen wir einfach mal, dass die Menschheit irgendwann zur Vernunft kommt.

Bis dahin !CIAO!

****

Liebes Buch, ich habe immer noch keine passende Anrede gefunden. Schließlich bist du ja ein Objekt. Sollte ich aber nicht eher den ansprechen, der das liest? Also sowas wie ein „Hallo DU" oder ein „Moien Leser", ich weiß es nicht. Spielt aber ja auch eigentlich keine bedeutende Rolle. Ich hoffe, der Person, auch wenn es vermutlich nur ich bin, die das hier liest, geht es gut. Ich habe nun schon seit Langem nichts mehr geschrieben bzw. schreiben können.

Es ist viel geschehen. Nun ist der Sommer schon fast wieder vergangen und alles ist in blutrotes Orange gefärbt. Viel ist geschehen, viele Tote und ich bin zu schwach und erschlagen, um alles hier reinzuschreiben, um auch nur einen Finger zu heben. Diese Welt ist beängstigend, jeder verdeckt wieder sein Gesicht und man kann kaum noch frei atmen. Wenn man in ein Restaurant geht, muss man seinen Namen samt der Adresse eintragen. Corona hat uns ein zweites Mal vollkommen überrannt und wir wurden sogar schon wieder aus unseren Schulen entlassen. Das geht mir mittlerweile echt auf den Senkel und in mir macht sich zunehmend eine Unruhe breit. Wo ist man noch sicher? Wo ist man es noch? In dieser verworrenen und verstrickten Welt des Globalismus.

Die Nachrichten können es keinen Tag lassen, darüber zu berichten und die Psyche geht daran irgendwie auch ganz kaputt, da alles so wirr ist. Die Politiker versuchen, dieses Virus, verständlicherweise, so stark wie möglich einzuschränken und zu stoppen, und dies mit vielen staatlichen Mitteln, wie Maskenpflicht und auch Kontaktverbot. Viele Menschen leiden dadurch unter starken Depressionen und Einschränkungen. Zwar wurde an Pfingsten das Kontaktverbot humanerweise etwas gelockert, dennoch hielt das leider nicht lange an. Die Infektionszahlen steigen überall stetig. Gleichzeitig beginnen immer mehr Leute sich gegen diese Staatsmaßnahmen zu erheben. Sie empfinden die Corona-Schutzmaßnahmen übertrieben. Sogar die Reichstagstreppen haben sie kurz belagert, aber zu richtigen Auseinandersetzungen, wie in anderen Ländern kam es nicht wirklich. Es sind dafür wohl auch zu viele friedlich Gesinnte dabei, die tatsächlich Angst um ihre Arbeit bzw. Existenz haben. Es ist ein interessantes und trotzdem irgendwie auch amüsierendes Geschehen und doch spürt man die extreme Panik und Paranoia der hiesigen Bevölkerung und wohl auch unserer Regierung. Naja, wer kann ihnen das schon übel nehmen. Die einen haben Angst vor dem Virus, die anderen vor den Maßnahmen der Regierung und letztere Angst vor einem Machtverlust oder gar Umsturz. Ich selbst habe mittlerweile auch Angst davor, infiziert zu werden, ohne es zu bemerken und dann jemanden anzustecken, also zu einer Art Todesbote für meine Großeltern zu werden. Das zumindest bekommen wir Jüngeren die ganze Zeit irgendwie über die öffentlichen Medien zu hören. Das finde ich jetzt auch nicht wirklich fair. Ob es vielleicht auch damit zusammen hängt, dass bald Bundestagswahlen sind und die meisten von uns eh noch nicht wählen gehen dürfen, aber die Alten? Aber zurück zu meiner Angst. Das ist zwar eine andere Angst als die sogenannten Querdenker haben, aber ich habe auch Angst. Und ich habe auch unter dem Virus gelitten und leide immer noch. Oft habe ich mir eingebildet, dass ich es hätte, dabei hatte ich im Endeffekt nur einen normalen, herkömmlichen Husten oder Schnupfen, also nichts Schlimmes. Dennoch musste ich selbst zwei Wochen auf jeglichen sozialen Kontakt verzichten, abgesehen vom Internet, versteht sich ... wenigstens konnte man am Computer noch was zocken oder mit Freunden was gemeinsam digital unternehmen. Ausgerechnet das von vielen älteren Menschen und Politikern verteufelte Internet wird jetzt zum Rettungsanker. Wie schnell doch manche so schnell ihre alten Überzeugungen von heute auf morgen ändern können. Die, die früher „Teufelszeug" gerufen haben, schreien heute am lautesten nach der Digitalisierung von allem. Standing sieht anders aus. Aber das fordern diese Typen ja meistens auch nur von anderen und nicht von sich selbst. Was für eine Welt.

****

Jetzt sind die Sommerferien schon wieder rum und es geht jetzt auch wieder in die Schule, was mich sehr freut! Seitdem mir ein Glas von meinem Regal gefallen ist, hatte ich Glück. Ich weiß nicht, wie ich das beschreiben kann, aber ich hab mich in den ersten Tagen nach den Sommerferien erstmals sehr schwer damit getan, wieder in das System

Schule hineinzukommen. Aber dann fiel auf einmal ein Glas von meinem Schrank und ich habe wieder die Kurve gekriegt. Soviel zu „Scherben bringen Glück". Verrückt!

****

Hallo, liebes Tagebuch! Das Glück wehrte leider nicht lange… Es kam, wie man es sich denken konnte und wie es medial auch mehrfach angekündigt wurde. Wir haben mittlerweile Herbst und der zweite richtige Lockdown wurde angeordnet. Das heißt auch wieder Home-Schooling und Kontaktverbote. Der Digitalunterricht ist wirklich schrecklich. Am ersten Tag seit dem neuen Lockdown stürzten abermals alle Seiten ab und nichts hat funktioniert und irgendwie bin ich abends immer müder. Raus in die Natur bin ich nun schon länger nicht mehr gegangen und ich vermisse sie. Wirklich soziale Kontakte habe ich auch keine mehr, ich bin zunehmend mehr krank und niederge-schlagen, aber bald geht es bestimmt doch wieder in den richtigen Unterricht, hoffentlich. Ich hoffe einfach mal, dass wir dieses Virus bald los sind… es zerstört so viel, was vermutlich Jahre braucht, um überhaupt wieder aufge-baut werden zu können. Ein Krieg ohne Krieg. Das ist schrecklich …. Da werden die ehemals rosigen Aussichten meiner Generation mit einem Wisch beseitigt. So schnell und irgendwie erschreckend einfach. Ich meine, niemand ist da, der etwas dagegen sagt, alle nicken nur und stimmen dem sogar noch zu. Erstarrt, widerstandslos, ideenlos und wie immer bei uns alternativlos…. - beängstigend. Ich hör jetzt auf, bin deprimiert. Ich höre jetzt noch ein wenig Mu-sik und versuche, irgendwie einschlafen zu können. Bis zum nächsten Mal, mein Tagebuch.

****

Bin ich ein Egoist? Die ganze Zeit fange ich mit dem Wort „ich" an, was soll das?! Aber ich kann es nicht lassen. Ich bin kein Egoist, aber vielleicht bin ich es, doch bin nur zu blind, um es zu erkennen. Das ist alles widersprüchlich und zerfetzt mich. Woher nehme ich mir das Recht, das alles hier zu tun. Was ist wahr? Was macht mich als Person aus? Ich meine, klar bemühe ich mich, das Beste zu geben, aber was ist der Mehrwert? Braucht ein Mensch überhaupt einen Mehrwert? Also, ist es wichtig, dass wir alle wirklich was erreichen, oder sollte nicht eher das Leben des Menschen an sich höchstes Gut sein? Aussehen ist temporär, Charakter ist Ansichtssache, Intelligenz ist relativ. Man wird vielleicht sagen, ja er ist irre, oder er ist ein Egoist. Aber man wird die Person und das vollkommenste Maß seiner Absichten nicht erkennen können. Niemand ist dazu in der Lage, dies so detailreich zu beschreiben oder jemandem zu erklären. Alle Dinge, die wir über Personen sagen oder wo wir sie zuordnen, sind entweder von uns selbst frei erfunden oder nur eine These, aber keineswegs die Wahrheit. Hab ich das Recht, über den Charakter einer anderen Person eine Aussage zu machen und sie als wahr betiteln zu können? Ich meine, nicht mal die Person selbst weiß, ob es wahr oder unwahr ist, da ihre Eigenschaften nur bedingt beständig sind.

Wie dem auch sei, ich bin nicht verrückt, aber ich hinterfrage die Dinge, wie sie sind. Ich weiß nicht, wie Menschen mich sehen oder über mich denken, aber ich bin ich und kein Geschlecht oder andere Schubladensysteme werden diese Art zusammenfassen wie die Aussage, dass ich „Ich" bin. Sie klingt logisch und klar, man kann sagen, dass jeder immer zu jedem Zeitpunkt er selbst ist, was auch stimmt. Aber dennoch ist die Erkenntnis, dass man sich selbst nur durch das „Ich" im Vollkommenen beschreiben kann, am reinsten und am wahrhaftigsten. Es ist wie in der Quantenphysik, man unterscheidet, ob ein Quantenobjekt eine Eigenschaft besitzt oder ob diese durch ein Experiment gemessen werden kann. Ich besitze die Eigenschaft, dass ich „Ich" bin. Das ist meine Eigenschaft, die ich wirklich besitze. Das Ich ist aber nicht mein Körper sondern mehr als das, eher das spontane, umgestaltende und sich ständig wandelnde unbeschreibliche "Ich". Seltsam? Ja, ist es. Niemand wird es selbst vollkommener beschreiben können als durch diesen Satz, der jedoch keine Ausrede zur Faulheit der Selbsterkundung oder Relativierung darstellt, sondern viel eher als Erkenntnis der Individualität, die nur einmal in dieser Welt, in dieser Form vorkommt. Das „Ich" ist genauso schwer zuzuordnen wie zukünftige Gefühle. Wer kann schon sagen, was er morgen fühlen wird. Wer kann überhaupt sagen, dass man morgen nicht schon tot ist, zum Beispiel an einem Herzanschlag verstorben ist. Wer kann das schon sagen?

Also denken wir darüber nach, was wir tun, was wir sind.

****

Schöne Grüße aus den Herbstferien wünsche ich dir. Die Blätter der Bäume sind in ein tiefes Rot und Orange getaucht und auch beginnen sie nun langsam, die Blätter zu verlieren. Es wird kühler und Nebel kommt häufiger auf. Die Welt macht einen verwunschenen oder gar verzauberten Eindruck auf mich. Heute habe ich einfach nur etwas an meinem Computer gespielt, Musik gehört und gleich gehe ich, denke ich, duschen. Ich habe mir vorgenommen, mich mal wieder mit Freunden zu treffen, während der Schulzeit - und dazukommend noch aufgrund der Corona

Pandemie - habe ich jene ziemlich stark vernachlässigt. Aber was sollte ich auch tun? Schließlich war uns eine lange Zeit untersagt worden, uns zu treffen, zumindest wurde uns das so von der Regierung ans Herz gelegt.

Alle Nachrichten berichten über die Pandemie. Aber gleichzeitig vernachlässigen sie die anderen Probleme der Welt. Hier bei uns fliegt alles immer mehr auseinander und vergammelt. Ein wirklich trauriger und angstmachender Anblick. Immer mehr wird die Natur durch die Hand des Menschen ausgebeutet und zerstört. Und die Bauwerke, die man baut, baut man nicht nachhaltig, man baut sie meist leider nicht mit dem Gedanken als ein Bauwerk für die Ewigkeit. Nein, man baut sie bewusst so, dass sie nur eine gewisse Zeit halten, damit man nochmals neue Ressourcen benötigt (also Käufe tätigt), um sie dann wieder in Stand zu setzen. Naja, das fördert zwar den Markt, die Kaufkraft steigt. Aber die Umwelt leidet darunter und nicht nur sie, sondern auch die Unterschicht und die Mittelschicht, denen das Geld von dem ständigen Qualitätsverlust und den notwendigen Renovierungsarbeiten ausgeht beziehungsweise die Mieten soweit in die Höhe treibt. Was aber auch eigentlich wirklich irre ist, ist, dass ausgerechnet die vermeintlichen Umweltschutz- und Brandschutzmaßnahmen am Bau dafür wesentlich mitverantwortlich sind. Denn ständig gibt es neue Auflagen und sobald diese erfüllt wurden, gibt es schon wieder neue. Und dann ist das, was man gerade in guter Absicht renoviert hat, auf einmal wieder schlecht und man wird für das, was vor kurzer Zeit noch gefördert wurde, auf einmal sogar bestraft. Ein totaler Irrsinn, der bestimmt nicht wirklich der Umwelt und den Menschen hilft, sondern nur einigen wenigen, die mit diesen Dingen sehr viel Geld verdienen. Das gleiche scheint jetzt auch für Autos und immer mehr andere Sachen zu gelten. Sie sprechen von Nachhaltigkeit – was für mich auch Beständigkeit bedeutet – und handeln dem komplett entgegengesetzt, indem sie alles, was eben noch gut war, auf einmal verteufeln. Nur damit die Leute ihr hart verdientes Geld freiwillig gezwungen ausgeben müssen. Und das Allerschlimmste, man weiß gar nicht mehr, was denn nun richtig oder falsch ist. Alles ist unbeständig, auf nichts kann man sich verlassen, nichts kann man mehr planen. Ich verstehe diese Welt nicht und denke auch, dass ich sie nie richtig verstehen werde. Es gibt keine Ordnung mehr und nachhaltig ist das alles bestimmt auch nicht wirklich.

Ich weiß nicht, inwiefern man sowas will und freiwillig fördert. Die Bauwerke sind doch schon im Voraus in ihrer Lebenszeit minimiert. Kein Wunder, dass es dadurch in so vielen Städten nur noch ranzig aussieht. In Trier ist es ja so, dass manche Bauwerke der Römer und des Mittelalters, die nun schon mehrere hundert Jahre stehen, im Vergleich zu manchen 10 Jahre alten Bauwerken glänzen. Was für eine traurige und rückschrittliche Entwicklung für die Menschheit. Ich würde so einiges ändern, würde ich an die Macht kommen, ich bin diese elendige geldgierige Politik leid. Ich wäre ja gerne stolz auf mein Land, ich wünschte, ich könnte es sein, aber so wie es jetzt ist, kann ich das nicht, dabei ist Deutschland und seine Natur so schön. Ich verstehe auch die Menschen nicht, die meinen, sie würden ihr Land lieben, aber im selben Moment verschmutzen und verunreinigen sie es mit ihrer Gier, mit ihrer Intoleranz, mit ihrer Verschlossenheit, Einfältigkeit und mit ihrem uneinsichtigen Verhalten. Der Begriff des Nationalisten ist echt so verdammt irreführend. Was ist denn ein Nationalist? Er sagt, er würde für sein Land kämpfen, es lieben und beschützen und dabei zerstört er es in Wirklichkeit und schmeißt seinen gedanklichen und den materiellen Müll egoistisch aus dem Fenster und verschmutzt seine Umwelt und behindert damit den Fortschritt. Ein wahrer „Nationalist", der beschützt sein Land, die Natur und seine Einwohner, indem er es für die Zukunft fit macht und nicht mit rückwärtsgewandten Worten und Taten verschmutzt. Ja, man bräuchte wirklich einen neuen gesunden Nationalismus. Auch wenn das anscheinend in Deutschland wohl sehr schwer einzurichten ist, ist es notwendig, um Fortschritt und Wohlstand zu sichern. Nationalismus heißt nicht, sein eigenes Land über das der anderen zu stellen. Nationalistisch heißt, das Beste für die Bürger und Menschen einer Gemeinschaft zu bewirken, also der Staatengemeinschaft, dem Gemeinwohl. Man sollte nicht alte, gescheiterte Ideologien mit denselben Fehlern wie damals zur Nazizeit oder der DDR wiedererwecken oder es versuchen. Vielleicht sollte man in Deutschland mal den Versuch starten, ganz auf diese hasserfüllten und spalterischen Kampfideologien wie National- und International-Sozialismus, Kommunismus, (Neo-)Liberalismus und Kapitalismus zu verzichten und einfach einen gesunden, zukunftszugewandten, umwelt- und menschenfreundlichen Pragmatismus wagen. Man sollte endlich aus den Fehlern der Vergangenheit lernen und den Menschen lediglich einen Leitfaden zum eigenverantwortlichen Handeln und einen Schutz zur selbständigen Entwicklung zur Verfügung stellen.

Naja, hoffen wir einfach, dass sich noch was bewegt. Zurzeit steht es aber wohl so schlecht wie noch nie um die Menschen und unsere Gesellschaft. Die ganzen Anti-Corona-Maßnahmen entwürdigen seltsamerweise nicht nur diejenigen, die sie eigentlich schützen sollen, nämlich die alten, geschwächten Menschen in den Pflegeheimen, die nicht mehr besucht werden dürfen und in Einsamkeit sterben, sondern auch Familien oder Alleinerziehende mit Kindern. Wir Jugendlichen werden ebenfalls entwürdigt, indem uns nicht nur unsere jetzige wichtige Entwicklungsphase der Jugend gestohlen wird, sondern viel schlimmer ein Teil unserer Zukunft ebenfalls. Und für uns wird es wohl auch keine „Rettungspakete" geben. Zumindest habe ich davon noch nichts gehört. Wohin soll das alles nur führen?

Ich verabschiede mich jetzt mal und gönne mir jetzt eine Dusche.

Bis dann.

****

Mir fehlt die Natur, der soziale Kontakt und einfach alles…. Warum ist das alles irgendwie so traurig…

Ich liege mittlerweile beinahe jede Nacht nur noch wach im Bett und meine Gedanken foltern mich. Was ist, wenn ich auf einmal infiziert bin, was, wenn ich mein Abitur verkacke, bin ich nicht irgendwie nur eine Enttäuschung? Wieso passiert das alles, das ist doch einfach nur Kacke…- oh Mann!

****

Gott, bitte hilf mir, wenn es etwas wie dich überhaupt gibt! Es ist mitten in der Nacht und ich kann nicht anders als in dieses verdammte Buch zu schreiben. Ich muss! Denn sonst werde ich hier noch vollkommen verrückt. Ich weiß, wie schwer das alles ist, aber ich weiß den Sinn nicht. Den

Sinn des Lebens. Wieso sterben wir nicht einfach alle - jetzt, hier und sofort? Wieso existieren wir? Wieso spüre ich diesen Schmerz in meiner Brust? Was ist der Sinn hinter Gefühlen und dem ständigen Nachdenken? Hinter dem Schlachten und Ausbeuten von Mensch, Tier und Natur? Oh Gott, verdammt! Was ist nur der verdammte Sinn? Gibt es einen? Oh verdammter Gott, warum existiere ich? Wenn doch das am besten Angepasste laut meinem Biologie-Lehrbuch überlebt? Warum gibt es dann nicht nur noch eine Spezies? Und was hat dieser Gedanke bitte in diesem Text zu suchen…? Warum schreibe ich sowas, jetzt in dem Moment? Warum schlägt mein Herz und warum lebe ich vor mich hin? Warum sterbe ich nicht einfach? Jetzt ein Herzinfarkt oder was weiß ich. Einfach sterben, es wäre ja so einfach. Was ist mein Sinn? Ist der Sinn des Lebens, einen Sinn zu schaffen, um sich das Leben erträglicher zu machen? Ist der Sinn, einen Gott zu haben nicht auch nur der, unserem Leben einen Sinn zu geben, wo man mit Vernunft eigentlich gar keinen Sinn mehr sehen würde? Wenn dies so wäre, so wäre jeder selbst geschaffene Sinn nie wahrhaftig und endgültig bestimmt. Aber sind wir nicht schon dadurch bestimmt, das wir an einem bestimmten Ort geboren wurden, wie wir erzogen wurden und in welchem Umfeld wir leben? Ich verstehe es nicht. Ich verstehe mein Leben einfach nicht. Ich vermisse es. Ich weiß ja nicht einmal, was es bedeutet zu leben. Was ist Leben? Ist Leben Dahinvegetieren oder ist Leben, etwas zu tun und zu sehen, was dann geschieht? Beides ist Leben, doch warum gilt das eine als lebenswerter als das andere? Das sind doch alles im Prinzip nur Hirngespinste. Die Gegenwart existiert nicht, obwohl sie es tut. Wir bemerken erst dann was, wenn es schon passiert ist. Was jetzt passiert, ist in der nächsten Millisekunde schon wieder Vergangenheit. Und woran wir denken, was wir über unsere Zukunft denken, sind nur

Phantasien oder Prognosen mit einer gewissen Wahr-scheinlichkeit, die aber auch eine große Abweichung und Fehlerhaftigkeit innehaben.

Ich weiß nicht, ob mich einer versteht, aber ich bin von meinen Gedanken überfordert, oder sagen wir eher, über-wältigt. Es sind zu viele, als dass ich sie in einem sinnvol-len Satz zusammenfassen könnte. Das ist irgendwie trau-rig. Ich weiß, wie schwer es andere Menschen haben und dass es mir eigentlich sehr, sehr gut geht. Aber irgendwas fehlt mir zutiefst in meinem Herzen. Ist es die Natur? Oder doch die Sehnsucht nach einer Person, der ich mich voll und ganz hingeben kann…?

Seit ich lebe, sehne ich mich wohl nach diesen beiden Din-gen. Doch ich kann nicht eins mit der Natur sein, sie wirkt blass und grau und deprimierend, wenn ich daran denke, dass ich meine schönen Eindrücke, die ich mit der Natur erlebe, mit niemanden teilen kann…

Ich wünsche mir einen Menschen, einen Menschen dem ich mich hingeben kann, und ich bin bereit, dafür zu leiden.

Das ist mein Sinn, denke ich. Ich will diesem Menschen, den ich selbst bestimmt nicht aussuchen kann, diesem Menschen, den mein Herz aussucht, alles zeigen. Ich will mich ausheulen können und auch selbst als Stütze dienen.

****

Gute Nacht, heute ist nichts Besonderes passiert, keine Ah-nung, das Übliche halt.

****

Heute hatte ich eine Diskussion mit einem Klassenkame-
raden, der wirklich meinte, dass er sich wirklich nur in den
Körper verlieben würde, das ist so dämlich. Liebe ist so
viel mehr als nur die Sehnsucht oder das attraktiv finden
einer Person oder halt die Zuneigung, die man zu jener ver-
spürt.

Liebe kann nicht nur der Drang nach Sex sein. Liebe ist
auch nicht nur das Familiäre und Freundschaftliche.

Für mich stellt der Begriff der Liebe eine Art Mikrokosmos
dar. Der Begriff vereint alles. Liebe herrscht zu einem gewissen Teil in uns allen und jeder drückt diese auf eine individuelle Art und Weise aus. Manche lieben Dinge, manche Tiere und manche Menschen. Liebe ist nicht als solches definierbar. Es ist wie die Quantenphysik. Man weiß
nicht, wie sich das einzelne Quantum verhält (also man
weiß nicht, welche Entscheidung oder zukünftiges Verhalten geschieht). Man wird die Willkür und den plötzlichen
Sturm von dem Gefühl der Liebe nicht verstehen oder auch
nur ansatzweise vorhersagen können. Als ich zum Beispiel
noch ein Kind war, behauptete ich, dass ich mich in meinem Leben nur in blondhaarige Mädchen verlieben würde.
Ich behauptete, dass ich mich nur in Menschen mit blonden
Haaren und einer Vagina als Geschlechtsorgan (also weib-
lich) verlieben kann und sagte selbstbewusst mit vollkom-
menster Überzeugung, dass ich es auch in Zukunft tun
werde. Also, ich schaffe mir in der Theorie eine eigene individuelle Idealvorstellung meiner Sexualität bzw. Vorliebe, basierend auf meiner von mir wahrgenommenen momentanen Präferenz, welche natürlich durch meine Umwelt extrem beeinflusst wurde. Aber wie das Schicksal es

so wollte, kam es anders und ich verliebte mich in eine Person, die vollkommen nicht das war, was ich bis zu dem Zeitpunkt, an dem ich die Person kennengelernt habe, als Ideal oder meine Sexualität anerkannt habe. Es ist meistens so, man verliebt sich nicht genau in das, was man sich vorgestellt hat. Eventuell hat die Person einen Farbton zu hell oder zu dunkel oder braune, rote oder grüne Haare. Ich verliebe mich also in Wirklichkeit unabhängig meiner eignen Vorstellungs- und Willenskraft. In dem Moment, wo ich eine Person liebe - also wirklich liebe - wird ihre Haarfarbe zu meinem neuem Idealbild, nein, die Person an sich wird zu meinem neuen Idealbild. Somit schafft sich mein Gehirn eine Art Sexualität basierend auf meiner eigentlichen Liebe.

Liebe ist nicht vorhersehbar bis zu dem Zeitpunkt, wo man bereits verliebt ist. Die Festlegung der Sexualität ist ein irrsinniges Ideal, das man sich erschafft, um einen angeblichen Halt und eine Identität zu finden. Man denkt, man könnte selbst entscheiden, wen man in der Zukunft liebt und was man für Gefühle hat. Dabei ist dies faktisch nicht wirklich möglich.

Schließlich weiß man ja nicht einmal, ob man morgen traurig oder glücklich ist, wie sollte ich dann entscheiden, was ich mein Leben lang für ein Stereotyp oder Ideal lieben werde. Es macht keinen Sinn, das ist willkürlich, im Endeffekt beschränkt uns dieses Denken in Idealen - bezogen auf Liebe und Gefühle - doch nur. Was ist, wenn ich mich zum Beispiel als Hetero, Homo oder einer anderen Sexualität outen würde und mich dann alle so behandeln, dabei bin ich Single und liebe im Moment noch niemanden. Das heißt, ich empfinde nichts, weder fühle ich mich in dem Moment, in dem ich keine Liebe spüre, zu weiblichen noch zu männlichen Menschen hingezogen. Nun denn, fahren wir mit unserem kleinen Gedankenspiel von eben fort. In dem Gedankenspiel habe ich mich als Hetero vor allen anderen geoutet und nun verliebe ich mich aber in das mir gleiche Geschlecht. Jetzt muss ich mich "Um-outen", meine Identität neu schaffen, nur weil ich mich davor ja auch geoutet habe.

Was ich mich wirklich frage, ist, warum man aus der Sexualität und den ganzen Neigungen denn überhaupt ein solches Ding macht und dem Ganzen so viel Wert zuschreibt. Kann man nicht gleich aus der Vernunft heraus sagen, dass es egal ist, wen man liebt? Schließlich kann es jeden treffen. Man kann vielleicht Vorsätze haben, das ist schön und gut, aber sie sind nicht wirklich aussagekräftig, sondern führen nur zur Bildung von erzwungenen Gefühlen.

Es sollte egal sein, wen man liebt. Liebe, egal zu was, sollte akzeptiert und als Ausdruck der individuellen Freiheit und des persönlichen Glücks gelten und nicht als ein Konstrukt, Menschen in Schubladen stecken zu können und somit Angriffsflächen für Ausgrenzung, Klischees und unnötige Stereotypen zu schaffen.

Ein Ziel sollte sein, am Ende eine nicht klischee- und geschlechtsbezogene Welt zu haben, in der jeder das lieben kann, was er will, um damit für sich glücklich zu werden. Das nur persönliche Glück jedes Einzelnen kann auch zum Glück des Gemeinwohls führen und somit zum Glück unserer Nation beitragen.

Versteht mich bitte nicht falsch. Ich hoffe, man kann verstehen, wie ich es meine. Dieser Schritt ist gewiss hart und man muss sich von einem Teil seiner gesellschaftlichen Identität lösen oder eher sich befreien, um zu seinem ehrlichen Glück zu finden.

Ich bin mir bewusst, dass diese Art zu denken leider auf viel Widerstand stoßen wird, da viele noch nicht offen dafür sind, von ihren gesellschaftlich erschaffenen Identitäten auf die nächste Stufe aufzusteigen, da sie unsicher sind. Und je mehr sie es sind, umso mehr riskieren sie herunterzufallen. Doch ich denke, dass jetzt noch nicht der Zeitpunkt für ein solches universelles Denken da ist. Viel eher ist es das Morgen, das entscheidet. Es sind wir, die entscheiden, in welcher Welt wir leben wollen. Es ist unsere Verantwortung. Unser Handeln entscheidet über die Zukunft und unser Glück von morgen.

****

Irgendwie kommt es mir so vor, als würden manchmal unvorhersehbare Dinge mit uns und unserer Umgebung geschehen. Wir bilden uns Dinge ein, erfinden Geschichten und Lügen. Wir bemühen uns, vor der Gesellschaft gut dazustehen, doch wozu? Wozu wollen wir das? Wir denken, es habe Vorteile für uns. Natürlich hat es das. Aber diese Art zu denken ist bedenklich. Sollten wir nicht eher der Gesellschaft dienen, da wir merken, dass es der Gesamtheit besser geht? Oder sind wir doch nur alle von unserem egoistischen Selbsterhaltungstrieb durchflossen. Was bedeutet es, richtig zu handeln, das Richtige zu tun? Was macht ein Leben lebenswert? Oh Gott im Himmel, wieso stell ich mir selber nur so viele Fragen? Warum töten wir? Um zu leben? Was ist der Sinn hinter allem? Gibt es überhaupt sowas wie einen allumfassenden Sinn? Ist der Sinn individuell oder haben wir einen gesellschaftlichen Sinn? Vielleicht wird es nie die eine Antwort auf eine solche Frage geben. Schließlich gibt es nicht nur die eine Wahrheit. Jeder hat seine eigene, nur für sich selbst geltende und funktionierende, die zum Leben der Person gehörende Wahrheit.

Es klingt so verworren, aber diese Gedanken sind mir ständig bei meinem Spaziergang durch den Wald in den Kopf geschossen. Dabei war ich dort und malte an einem Bild, einfach, um die Umgebung aufzufangen und (sozusagen ein Teil) zu mir ins Zimmer mitzunehmen, also meine Eindrücke, die ich hatte. Aber dieses Bild ist nicht wirklich gut geworden, meine Gedanken haben mich ständig abgelenkt und ich kam auch nicht wirklich zu einem richtigen Fortschritt, also habe ich es weggeschmissen. Vielleicht hätte ich es doch mitnehmen sollen und es… egal. Ich versuche jetzt mal zu schlafen, bis dann.

****

Es ist gerade tief in der Nacht und ich kann einfach nicht schlafen. Meine Gedanken überrollen mich gerade. Ich weiß, vor einigen Tagen habe ich das nun schon Mal hier reingeschrieben oder angedeutet. Ich halte das nicht mehr aus, diese Einsamkeit frisst mich auf, ich wünsche mir nichts lieber als einen Menschen, dem ich mich hingeben kann und der mich wirklich braucht. Ich will all meine Liebe jemanden geben, der sie braucht und will. Ist der Sinn des Lebens nicht auch das Lieben, das Liebe schenken und Liebe bekommen? Dieses Gefühl ist unbezahlbar und mir mittlerweile so fremd. Ich kann ja nicht einmal sagen, was ein sogenannter bester Freund ist. Viele, die ich kenne, machen da immer so ein großes Ding draus und sich gegenseitig eifersüchtig, wenn der beste Freund sich mal mit jemand anderem trifft. Ich kann das irgendwie nicht nachvollziehen, ich meine, es sollte doch kein Besitz, sondern

Freundschaft sein. Aber ich denke auch, sie haben bestimmt ihre Gründe für ihr Verhalten, die ich einfach nur noch nicht verstehen kann. Ich sehne mich nach einer Person, die ich lieben kann, und bis zu diesem Zeitpunkt habe ich jene leider noch nicht gefunden. Die Natur und meine Familie geben mir zwar etwas Halt, aber jede Nacht spüre ich diesen Schmerz, sehe, wie die Leute in den sozialen Medien alle nun mit ihrem Partner im Arm schlafen oder kuscheln. Nur ich liege alleine in meinem Bett und muss weinen… dabei freue ich mich, dass die anderen ein solch frohes Leben haben können, auch wenn ich wohl weiß, dass sie auch Probleme haben, die ich einfach vermutlich noch nicht verstehen kann.

****

Du wirst nicht glauben, was mir heute widerfahren ist…

Gegen Mittag hab ich mich entschlossen, mal wieder seit Langem in den bei uns nahe gelegenen Wald zu gehen, um mir eine Pause zu gönnen. So ging ich durch den Wald, genoss die angenehme Frische, die bunten Blätter, das bewundernswerte Lichtspiel, die meine Haut wärmenden Sonnenstrahlen und die Natur als solche.

Nach einer kleinen Wanderung machte ich eine Pause und ließ mich auf einer vollkommen feuchten und morschen Holzbank nieder, befreite mich von meiner Maske, schloss meine Augen, lauschte der Natur, atmete die Waldluft ein, öffnete wieder meine Augen und genoss die Stille und das wunderschöne, rot-gelb-grüne Farbenspiel der schon zum Teil auf dem Boden liegenden und zum anderen Teil noch an den Bäumen hängenden Herbstblätter.

Es war ruhig, gelegentlich war das Rascheln der Blätter im Winde und das entfernte Piepsen von Vögeln zu hören, eine Idylle! Ja, eine Idylle, die ich seit Langem nicht mehr fühlen konnte, breitete sich in meinem Körper aus. Ich fühlte mich so gelassen, befreit und glücklich, wie schon seit Langem nicht mehr.

Doch diese in mir gerade aufkommende Zufriedenheit und Ruhe wurde dann entgegen meiner Vorstellungen plötzlich durch entferntes Geschrei gestört.

Das Geschrei kam näher und wurde lauter, jemand schien quälend und heiser irgendeinen Namen zu rufen, den ich nicht verstand, ich schaute mich um und dann sah ich sie und ich wollte erst meinen Augen nicht trauen!

Ja, du wirst nicht glauben, was passiert ist und wen ich da erblickte.

Sie war alleine, ihr Haar vollkommen zerzaust und ihre Augen wirkten irgendwie glasig. Sie machte einen eher betrübten Eindruck. Ihr Kopf war zum Boden gesenkt und sie war vollkommen außer Atem. Sie war in eine dicke Jacke eingepackt. Irgendwie, naja, was soll ich sagen, ich konnte es anfangs auch nicht so recht glauben, dass sie es wirklich war, ich sie nochmals sehen würde. Doch ihr Anblick erschrak mich etwas und ich machte mir, um ehrlich zu sein, etwas Sorgen und mit etwas meine ich etwas viel…

Ich war verwirrt, sie sah mich vollkommen erschöpft an, doch sie sagte nichts. Dann ging oder besser versuchte sie weiterzulaufen, man merkte ihr förmlich an, wie sie ihren Körper dazu zwang. Und bald konnte ich sie auch gar nicht mehr sehen, nur noch das Rascheln der Blätter, die auf den Boden lagen, konnte man hören, genauso wie das Rauschen des Windes. Mein Herz begann zu schlagen, ich war mir sicher, dass sie es war und meine Gedanken schossen mir durch mein Gehirn, ich wusste nicht, was ich tun sollte, ich wusste es wirklich nicht. Mein Herz pochte immer schneller, ich stand von der verdammten Bank auf und schrie ihr hinterher. Was im Nachhinein auf mich selbst irgendwie etwas komisch rüberkommt. Ich will gar nicht wissen, was sie über mich dachte. Ich rannte den Weg entlang, wo ich sie vermutete, das kalte Spiel des Windes schoss gegen meine Ohren und Augen, mir kamen die Tränen, doch ich musste weiterlaufen. Es entfachte in mir ein Sturm, ich musste zu ihr und ihr helfen, ich machte mir so viele Sorgen.

Und dann sah ich sie, sie war vollkommen außer Atem, sie keuchte und humpelte fast. Auch mir pochte das Herz. Ich hab kaum noch Luft bekommen. Da bemerkte ich, dass ich ihr sehr nah war, versuchte mich abzubremsen, sodass ich nicht in sie hineinkrachte und rief ihr dann zu. Sie hielt an, ich bin mir nicht sicher, ob es wegen meinem Geschrei war. Sie schwankte und ich sah es kommen, dass sie umfallen würde. Doch zum Glück ist das nicht geschehen. Ich versuchte, sie auf mich aufmerksam zu machen, irgendwie keine Ahnung im Nachhinein, wenn ich so darüber nachdenke, wirkt das echt etwas komisch, keine Ahnung, auf jeden Fall habe ich sowas wie „Entschuldigung" gerufen, da ich wollte, dass sie kurz innehält und sich umdreht. Sie drehte sich um und ich erschrak, ihr Gesicht war komplett rot, ihr Atem war schwer und ihr Gesicht hatte eindeutige Spuren von Tränen. Ihr lief die Nase. Da ergriff ich die Initiative. Ich weiß noch genau, wie sehr mein Herz pochte. Ich konnte nicht mehr und fragte: „Ist alles in Ordnung? Ich habe mir Sorgen gemacht." Es folgte eine wirklich unangenehme Stille. Ich bekam echt ein extrem unangenehmes Gefühl und dann antwortete sie. Zumindest versuchte sie es wohl, mit einer vollkommen heiseren Stimme sagte sie irgendwelche Wörter, die ich gar nicht so richtig verstehen konnte.

Ich fragte sie, ob alles gut sei, ob sie in Gefahr sei, sie verfolgt wird oder was passiert ist.

Da stürzte sie zu Boden und brach in Tränen aus. Ich verstand nichts mehr. Ich weiß nicht, ob ich das Richtige gemacht habe oder ob ich nicht was Falsches gesagt habe. Das hat mich einfach vollkommen aus meiner Fassung gerissen und von der Idylle, die ich bis vor wenigen Minuten da noch auf der Bank, wo ich in Frieden geruht habe, fühlen konnte, konnte ich kein bisschen mehr wahrnehmen. Sie hat sich gar in Sorge und Angst verwandelt und als sie zusammenbrach gab es mir den Rest.

Glaub mir, ich wollte ihr helfen, doch war ich auch verunsichert, ob sie das nicht falsch interpretieren würde. Ich will sie ja nicht belästigen, ich war hilflos, im Widerspruch gefangen und es zerriss mich förmlich. Doch ich konnte auch gar nicht mehr reagieren, denn es geschah nochmal was.

Sie sprach oder stotterte weinend und gequält. Sie weinte auf dem kalten und nassen Boden und sagte in einem quiekenden Ton, dass nichts gut sei, dass alles kaputt sei und nichts mehr weiterging.

Ich versuchte sie zu beruhigen und sagte, dass alles gut sei, ich für sie da bin und fragte sie nochmals, was passiert ist.

Dann kam wieder lange nichts, sie weinte weiter. Mich machte das abgrundtief traurig. Was muss denn geschehen sein, dass dieser wunderbare Mensch nur so am Boden zerstört ist?

Und dann antworte sie wieder, also das ging so weiter, aber ich will es, denke ich, versuchen zu verkürzen. Sie habe ihren Hund verloren. Er ist noch jung. Sie hat ihn vor einem Jahr aus dem Tierheim bekommen und die Verantwortung für ihn übernommen. Der Hund hätte traumatische Erlebnisse gehabt und jetzt hat er sich von der Leine gerissen. Ich war beeindruckt, ein solch tierliebes Wesen, welches sein reines Herz und seine Seele öffnet, um es für andere Lebewesen einzusetzen. Gleich wurde mir klar, sie ist anders als jene, die mir sonst so begegnet sind. Das merke ich einfach. Mein Herz sagt es mir und mein Kopf auch.

Sie fragte, ob ich einen Hund gesehen habe.

Ich sagte nur verblüfft: „Nein, denke nicht." Worauf ich sie gleich fragte: „Wie sah der Hund denn aus?" Sie antwortete mit einer Stimme, wie man sie bei Leuten vorfindet, die entweder zu laut geschrien oder zu laut geweint haben: „Sie heißt Luna, ist klein, hat weiß-braunes Fell und einen kleinen Schwanz."

Naja, auf jeden Fall kam mein Kopf langsam auch wieder zu Sinnen. Ich weiß, dass ich mich zusammengerissen und ihr meine Hilfe angeboten habe, zusammen mit ihr den kleinen Hund zu suchen. Ich wollte für sie da sein und …. keine Ahnung, was ich mir dabei gedacht habe. Auf jeden Fall lehnte sie die Hilfe schüchtern ab. Vermutlich weil ihr die gesamte Situation unangenehm war, was natürlich vollkommen verständlich ist. Doch wie ich sie ansah, sagte ich, dass ich darauf bestehe, ihr zu helfen und sie zu unterstützen. Es folgte wieder Stille und dann Nicken mit einem leisen: „Danke."

Ich half ihr hoch, reichte ihr die Hand. Ihre Klamotten waren komplett nass und dreckig und war schon so viel Zeit vergangen, dass es langsam dunkler wurde. Ich bot ihr an, sie nach Hause zu begleiten, doch sie lehnte bescheiden ab. Am Ende fragte ich sie, ob sie mir ihre Nummer noch geben könnte, sodass ich sie dann informieren kann, wenn ich einen Hund mit der Beschreibung sehen würde. Das tat sie erstaunlicherweise auch und das Letzte, woran ich mich erinnern kann, ist, dass ich, da es schon dunkel und zunehmend kälter wurde, ihr empfahl, nach Hause zu gehen und sich auszuruhen, und sie stimmte - nach anfänglichem Zögern - letztendlich doch zu. Dann trennten sich unsere Wege. Ich hoffe einfach nur, dass sie nun wohlauf ist, vielleicht ihren Hund sogar schon wieder gefunden hat und ihr weiter nichts Schlimmes geschehen ist. Was soll ich sagen, jetzt habe ich ihre Telefonnummer. Ich hoffe nur, dass sie meine Hilfsbereitschaft nicht falsch aufgegriffen hat oder so. Aber ich hatte Mitleid und wollte ihr helfen. Eigentlich, wenn ich so darüber nachdenke, klingt das, was ich zu ihr gesagt habe, schon dumm. Jetzt muss ich selbst über mich lachen, aber der heutige Tag hat mich echt durcheinandergebracht. Vor allem mein Herz, das waren einfach zu viele Emotionen auf einmal… Und bei all dem Stress habe ich vollkommen verpeilt, mich ihr vorzustellen. Oh scheiße, bin ich unhöflich, hoffentlich denkt sie nichts Schlechtes über mich. Ich versuche jetzt mal schlafen zu gehen. Hoffentlich gelingt es mir… Was für ein Tag!!!

****

Ich kann irgendwie nicht schlafen, die ganze Zeit schon wieder geht mir das alles durch den Kopf. Ich weiß nicht, was ich tun soll, und ja, sollte ich ihr schreiben? Ist das nicht eventuell etwas seltsam? Oder bin ich einfach nur perplex und meine Sinne benebelt? Aber ihr Auftreten. Ich mache mir irgendwie Sorgen um sie. Sollte ich morgen eventuell nach dem Hund schauen? Vielleicht hat sie ihn ja auch schon längst gefunden. Andererseits, wenn das Tier tot wäre, wäre ich dann nicht auch mitschuldig, weil ich ja nichts dagegen getan habe, obwohl ich ihr meine Hilfe angeboten habe?

Weißt du, irgendwie wirkt das alles manchmal echt surreal, was hier auf der Welt passiert. Corona, dann die politischen Entscheidungen, das Leben an sich und dann die Liebe. Also, dabei kenne ich sie ja noch nicht einmal wirklich, trotz allem spüre ich eine Art Verlangen nach ihr. Ich will für sie da sein und ihr helfen. Keine Ahnung, wie ich das alles beschreiben soll, aber ich hoffe oder wünsche mir, dass sie vielleicht Gleiches für mich empfindet. Ob sie mich überhaupt erkannt hat? Ob sie sich an unser erstes Aufeinandertreffen überhaupt erinnern kann? Ich bin ja alles andere als ein perfekter Mensch, falls es überhaupt sowas wie einen perfekten Menschen gibt. Vielleicht ist es auch falsch zu sagen, dass es keine perfekten Menschen gibt, da man damit ja vorschreiben würde, wie der Mensch zu sein hat und das gegen seine Individualität sprechen würde. Egal. Ich muss einfach nachdenken, was ich tun kann. Ich denke, ich schreibe ihr morgen - oder doch schon heute? Man, ich weiß es nicht, verdammt. Wenn ich ihr heute schreibe, wird sie sehen, wie lange ich wach war. Ich habe sie ja nicht einmal nach ihrem Namen, sondern nur nach ihrer Handynummer gefragt und meinen Namen kennt sie ja auch nicht, das ist ja mal mega dämlich.

So, ich muss mich jetzt, auch wenn ich es nicht wirklich kann, zusammenreißen und nachdenken. Ich schreibe ihr morgen, also eigentlich ja heute, aber nur nicht in der Nacht, ob sie nun eigentlich schon den Hund gefunden hat. Und irgendwie sollte ich auch nach ihrem Namen fragen. Obwohl, mit ihrer Handynummer sollte ich auch auf ihre

Instagram-Seite zugreifen können, falls sie eine hat. Der Snapchat Account, der wird ja auch angezeigt. Oder ich frage sie einfach verdammt nochmal nach ihrem Namen. Ich glaube, wenn ich den wüsste, wäre das irgendwie weird. Sie ist wohl einfach verzweifelt, weil ihr Hund immer noch vermisst ist. Zwar wäre ich schon gerne der Einzige, den sie braucht, aber was soll's, ich denke, jetzt ist ein schlechter Zeitpunkt, um egoistisch oder sowas zu sein. Ah egal, ich muss damit aufhören. Hauptsache, wir finden den Hund.

****

Hier ein kleiner Stand zu der aktuellen Lage. Ich habe sie heute tatsächlich nach ihrem Namen gefragt und wie es nun mit dem Hund aussähe, ob sie ihn wieder gefunden hat. Sie hat lange gebraucht, um mir zu antworten, obwohl sie die Nachricht gelesen hat. Mich hat das natürlich erstmal verunsichert, vielleicht bin ich ja zu aufdringlich gewesen oder keine Ahnung was. Aber vermutlich hatte sie auch einfach nur viel zu tun, auf jeden Fall antwortete sie mir erst so einige Stunden später. Und ja, was soll ich sagen, sie hat einen wundervollen Namen: Sina. Ihr Hund ist allerdings immer noch nicht aufgetaucht.

****

Guter Morgen, lieber Tag. Heute habe ich ausnahmsweise mal gut geschlafen. Bald sind unsere Ferien vorbei und ich habe mir vorgenommen, mal wieder in den Wald zu gehen, um nochmals nach dem Hund zu gucken. Sina wollte dann später auch mitkommen, ich bin echt aufgeregt, den ganzen

Tag werde ich dort nun verbringen und werde mich deswegen wohl nicht mehr melden. Wünsche mir Glück, mein Buch!!!!

****

Liebes Tagebuch, nun melde ich mich nochmal bei dir. Lustig, oder? Dabei habe ich doch gesagt, dass ich mich erstmal nicht mehr melden möchte, naja, war dann wohl doch eine Fehlaussage, passiert halt mal.

Ich wollte dir heute über meinen Tag mit Sina berichten und was für ein wundervoller Mensch sie ist. Ja, ich glaube, ich habe noch nie einen solch reinen und liebevollen Menschen getroffen. Und auch wenn wir uns nun erst seit ein paar Tagen kennen, fühle ich irgendwie diese innige Verbundenheit. Ich will ihr unbedingt näher kommen und sie noch mehr kennenlernen. Ich habe endlich einen Menschen gefunden, nach dem sich mein schreiendes und leidendes Herz gesehnt hat. Zwar muss ich gestehen, dass mich anfangs das Aussehen angezogen hat und mir irgendwie das Gefühl des Wohlseins vermittelt hat. Ihr Charakter ist aber noch schöner als ihr Aussehen. Er strahlt und ihre Liebe stillt mein Herz. Es ist so überwältigend. Also, es ist keine Liebe, wie du es jetzt denkst, aber ich bin es einfach absolut nicht gewöhnt, auf eine solche Art und Weise Zuneigung und Verständnis zu bekommen und ich will ihr auf jeden Fall das alles zurückgeben, also ihr all die Liebe geben, die ich habe. Ich bin einfach so dankbar und das soll sie fühlen. Ich weiß nur noch nicht wie, also ich will ja auch nicht übertreiben, sie nicht gleich überfordern… Ich muss mir was ausdenken. Auf jeden Fall haben wir heute die schönsten Worte miteinander ausgetauscht, die ich mir vorher nicht von ihr erträumt habe, sie scheint mich zu mögen und diese Hoffnung, die ich mir mache, heilt meine letzten Wunden, die über all die Zeit der Einsamkeit entstanden sind. Das ist alles so unbegreiflich, es geschah alles so plötzlich, ja, das muss doch Schicksal sein!

****

Heute war der erste Schultag nach den Herbstferien, es war kalt, windig und wortwörtlich atemberaubend. Jetzt mal im Ernst, es war scheiße kalt und zudem mussten wir den ganzen Tag mit einer Maske rumlaufen, noch nicht einmal im Unterricht durften wir diese ausziehen, es ist schrecklich. Ich bekomme kaum Luft und habe extreme Kopfschmerzen. Ich weiß, es ist zu unserer Sicherheit, jedoch kann man damit wirklich nichts lernen. Ich kann mich nicht konzentrieren… ich dachte, ich schreibe das mal hier rein, habe mir gerade eine Kopfschmerztablette genommen und lege mich nun schlafen. Aber immerhin dürfen wir jetzt wenigstens wieder in die Schule, wenn auch nur in reduziertem Maße.

Hoffentlich hat das alles bald ein Ende. Ich weiß nicht, wie lange ich diese Anti-Corona-Maßnahmen noch aushalten werde.

Die Liebe zu Sina, die ich empfinde, und ihre Liebeserwiderung ist das Einzige, was mich gerade noch motiviert und mir noch einen Sinn im Leben gibt. Das klingt übertrieben, aber so fühlt es sich an und dieses Gefühl lügt nicht. Ich vermisse sie, ihr Lachen und einfach alles. Corona wird auch zunehmend eine Gefahr für unsere Beziehung zueinander. Hoffentlich werden die Maßnahmen nicht noch schlimmer. Wobei sie ja nach den Herbstferien wieder etwas gelockert wurden. Mir ist ja klar, dass sie uns vor Corona schützen sollen und ich will Sina auf keinen Fall in Gefahr bringen, aber es würde mich und sie echt zerstören, wenn das ganze jetzt noch extremer wird.

Egal wie, ich muss jetzt nochmal versuchen, mich auf die Schule zu konzentrieren, auch wenn ich weiß, dass das durch meine ganzen Gedanken, die in meinem Kopf herumschwirren, nicht leicht wird. Aber irgendwie wird das schon, bestimmt!

****

Viel ist passiert, vor einer Woche haben die Wahlen in den USA stattgefunden. Kandidiert haben Donald Trump und Biden, bis jetzt steht immer noch kein wirkliches Ergebnis fest, die beiden Hitzköpfe, und sagen wir mal so typischen amerikanischen Politiker, streiten sich wie kleine motzige Kinder. Trump wirft Biden Wahlmanipulation vor, da die jetzigen Ergebnisse nicht so gut für ihn stehen, aber bis jetzt ist auch noch nichts entschieden, auch wenn Biden eindeutig ohne Zweifel vorne liegt, obwohl es anfangs noch gut für Trump aussah und es echt knapp war. Um ehrlich zu sein, möchte ich mich da nicht einmischen, es steht mir nicht zu und ändern kann ich ohnehin nichts, da ich kein Amerikaner bin. Zudem bin ich mit keinen der beiden irgendwie zufrieden, vor den Medien plustern sie sich regelrecht auf, aber jetzt mal ohne Schmarrn, wieso wählt man überhaupt solche Typen? Weil sie auffallen oder polarisieren um jeden Preis? Ach, ich weiß es nicht. Eigentlich wollte ich hier noch was ganz anderes reinschreiben, denn was Schreckliches ist in Frankreich und Wien geschehen, was uns, wenn man es nur hört, denken lässt wieder im Mittelalter angekommen zu sein….

Wenn Menschen wegen ihres Glaubens oder ihrer Religion anfangen, unschuldige, friedlich lebende Menschen zu töten, so darf man diese Taten auf keinen Fall verteidigen oder versuchen zu relativieren, zu verharmlosen oder davon abzulenken. Ich nenne den religiösen Täter beim Namen und hoffe einfach mal auf nicht allzu viel Kritik zu stoßen, da ich weiß, wie unsere Welt heutzutage leider tickt.…

Es waren islamistische Mörder, die ihre Opfer in aller Öffentlichkeit geköpft haben. Ein Lehrer und ein Priester! Symbolischer und eindeutiger geht es ja nicht mehr! Nicht nur setzten sie damit ein Zeichen gegen unsere Kultur… Auch zeigen sie, dass sie kein Interesse an uns haben und uns eigentlich verachten und vernichten wollen. Das ist anscheinend ihr Verständnis von Integration. Für mich ist das alles nicht mehr nachvollziehbar. Wir geben ihnen eine Wohnung, Nahrung und ein Sozialsystem und sie? Sie töten unschuldige, friedlich lebende Menschen! Einfach so.

Sowas darf nicht sein und muss doch ohne Einschränkungen und Rücksicht bekämpft werden. Zumal es auch auf jene religiösen Muslime abfärbt, die sich integrieren, anpassen und froh sind, bei uns und mit uns leben zu können. Wegen diesen extremen, menschenverachtenden Fanatikern werden letztendlich alle anderen Muslime stigmatisiert und ausgegrenzt oder in Schubladen gesteckt, in die sie nicht gehören.

Es muss eine eindeutige Abgrenzung vollzogen werden. Genauso wie es auch zum Rechtsextremismus geschieht. Insbesondere unter den Muslimen selbst sollte dies geschehen. Jeder sollte öffentlich ein Zeichen setzen, um sich von jenen, die den Extremisten verfallen sind, offensichtlich abgrenzen zu können. Doch bei uns wird auf einmal sogar

Verständnis geäußert, da der Islam bzw. Mohammed schließlich von einer kleinen Zeitschrift mal wieder aufs Korn genommen worden ist. Das kann es ja wohl nicht sein. Jetzt wird auf einmal diese kleine Satirezeitschrift von manchen zum Unruhestifter gemacht. Unglaublich, und das in einem Land, wo Meinungs- und Kunstfreiheit immer großgeschrieben wird oder muss man jetzt sagen „wurde"? Ich stelle mir gerade vor, ich würde als Christ jemanden köpfen, weil er Jesus bescheuert darstellt, oder die Buddhisten würden wegen einer verunglimpften Buddha-Figur einen heiligen Krieg ausrufen. Wie würden dann wohl die Reaktionen derer aussehen, die jetzt anfangen, Verständnis für die Reaktionen dieser Islamisten zu zeigen?

Verstehe mich bitte nicht falsch, mit dem Wort „Islamist" meine ich nicht jene Muslime, die anständig und gewissenhaft handeln.

Es ist wichtig für unsere Gesellschaft zu wissen, wen man vor Augen hat. Zudem bin ich der Überzeugung, dass die verschiedenen Möglichkeiten des Zusammenlebens doch endlich ein Unterrichtsfach in Schulen sein sollte und nicht die nur eine, einzige Religion, sondern alle Religionen mit allen Schülern in einem gemeinsamen Fach unterrichtet werden. Sozusagen eine Art von Kulturunterricht oder Kulturkunde.

Aber diese barbarischen, ekelhaften und abartigen, kaltblütigen Morde machen mich so enorm wütend… Man hat ihnen viele Chancen ermöglicht und was passiert? Ist das ihr Dank? Warum kontrolliert man Personen nicht richtig, bei denen man Gefahrenmuster schon erkennen konnte? Auch frage ich mich, warum man die Hassprediger in den Moscheen oder jeweiligen Gemeinden nicht einfach rausschmeißt? Wenn man doch weiß, von welchen Staaten diese finanziert werden und die zum größten Teil eigentlich auch nur deren Interessen vertreten. In Deutschland herrscht diesbezüglich Schweigen im Walde…. Vermutlich aus Angst, selber Opfer eines religiösen Attentats zu werden. Dazu sind die Chancen, als Islamophob, Rassist oder am besten gleich als Nazi beschimpft zu werden, auch nicht gerade gering. Soziale Ächtung und Diffamierung war und ist in allen Deutschland-Systemen wohl immer noch ein beliebtes Werkzeug für alles Mögliche. Dabei werden die Muslime, die von den Fundamentalisten fortlaufend bedroht werden, vollkommen im Stich gelassen. Bandenkriege, Kinderhochzeiten, Ehrenmorde, mafiöse Clans, die komplette Unterdrückung der Frau durch ein religiöses Patriarchat und noch vieles weitere. Es macht mich einfach nur noch abgrundtief traurig, dass ausgerechnet einige nichts dagegen sagen, die doch sonst moralische Werte und den Rechtsstaat bei uns ganz hoch halten. Wenigstens wird bei Vergehen oder Straftaten innerhalb der Kirche - zum Beispiel bei den ganzen Kindesmissbrauchsfällen - alles korrekterweise medial breit aufgearbeitet und Druck ausgeübt. Doch im Vergleich dazu passiert bei den Islamverbänden irgendwie nicht besonders viel, beziehungsweise kommt es einem nicht so vor. Ich verstehe es nicht. Wo findet denn hier eine ernstzunehmende Skandalisierung oder eine negative Presse statt? Ist das wirklich noch investigativer Journalismus? Wo ist der Aufschrei unserer sonst in der Öffentlichkeit so moralisch agierenden Parteien? Hier geht es doch auch um den Schutz muslimischer Kinder und Frauen, die von ihresgleichen so unter Druck gesetzt werden, dass manche daran zugrunde gehen, ja sogar getötet werden. Warum nur, wieso tun manche sowas? Vor allem sollten wahre Muslime doch wissen, was in dem Koran steht: „Wer eines Menschen Leben nimmt, der ist wie einer, der aller Menschen Leben nimmt. Wer aber eines Menschen Leben rettet, der ist wie einer, der aller Menschen Leben rettet." Ich verstehe das alles nicht, es scheint mir alles nicht logisch. Warum hören sie nur auf diese Hassprediger, wenn man sein Heiliges Buch doch zu Hause hat? Wenn man es doch gelesen hat, so muss doch der Widerspruch zwischen dem Koran und dem radikalen Islam eindeutig ins Auge stechen!

Diese Religionsmorde führen jedoch nur zu Hass und Angst. Nicht nur in mir, sondern in vielen Menschen der Welt. Jetzt habe ich schon selbst Angst, dass genau so ein Extremist das hier liest und es nicht versteht und mich als sein nächstes Gottesopfer aussucht. Ich glaube auch, dass ich mit dieser Angst alles andere als alleine auf der Welt bin. Vielleicht haben unsere im Staat Verantwortlichen mittlerweile auch diese Angst, was allerdings in der Tat beängstigend wäre… Gute Nacht!

****

Sina war irgendwie so seltsam drauf heute, ich wollte mit ihr darüber reden, was geschehen ist, was mich besorgt, und keine Ahnung, sie hat nichts dazu gesagt. Vermutlich steht sie ebenso unter Schock von den ganzen Geschehnissen der letzten Tage. Ich hoffe, dass sie dabei nicht kaputt geht und sich verliert, das könnte ich mir um alles in der Welt nicht verzeihen, wenn diese reine, fürsorgliche Person durch so eine Scheiße von anderen hinuntergezogen oder beschmutzt werden würde.

****

Ich weiß gerade nicht wieso, aber irgendwie habe ich manchmal das Gefühl, ein wenig ignoriert zu werden, also von Sina, und ich weiß echt nicht, ob sie überhaupt die gleiche Art von Gefühlen zu mir hat, wie ich zu ihr.

Vielleicht habe ich was Falsches gesagt, weiß es nicht. Keine Ahnung. Ich hoffe einfach, dass alles irgendwie in Ordnung ist und ich nicht so viel Mist baue. Ich weiß echt nicht, wie ich mir sowas auch nur ansatzweise verzeihen oder verkraften könnte. Eventuell bin ich einfach nur zu aufdringlich oder sie hat bestimmt was Wichtigeres zu tun. Ich vermisse sie aus tiefstem Herzen und das zieht mich runter. Aber ich glaube fest daran, dass sie die gleiche Sehnsucht nach mir hat, wie ich nach ihr. Ich warte jetzt einfach mal etwas ab und ja, sollte definitiv aufhören sie zuzuspamen. Aber ich mache mir halt Sorgen um sie, ich will für sie da sein und sie braucht mich ja auch!

****

Hey, keine Ahnung was ich sagen soll. Sina hat sich irgendwie heute noch gar nicht gemeldet und ich denke, ich rufe sie heute noch mal an, sie versteht mich bestimmt. Ansonsten wollte ich heute eigentlich nochmal den Hund suchen gehen und einfach mit Sina so viel Zeit, wie es nur möglich ist, zu verbringen. Ich melde mich später nochmal!

****

Und hier bin ich wieder, es ist nun Nacht, Sina ist beim dritten Ansatz ans Telefon gegangen. Ich fragte sie, ob alles in Ordnung sei und sie sicherte es mir mit einem irgendwie seltsam klingenden „Ja" zu. Ich hoffe nicht, dass sie mich anlügt, aber warum sollte sie auch, wir kennen uns mittlerweile irgendwie doch ziemlich gut, was für die kurze Zeit eigentlich wirklich erstaunlich ist. Aber ja, vermutlich ist es wegen dem Hund, verständlich, ich denke, ich würde auch so reagieren…

Auf jeden Fall haben wir uns heute beide im Wald getroffen und gemeinsam gelacht und einfach ein wenig rumgehangen. Keine Ahnung, aber sie scheint wirklich glücklich zu sein, wenn sie bei mir ist und das macht auch mich glücklich. Ich habe echt Glück gehabt, sie kennengelernt zu haben.

Zwar war das Wetter trist und irgendwie lag überall dieses Plastik. Das hat uns aber nicht daran gehindert, gemeinsam Spaß zu haben. Ich habe vor, ihr demnächst meine Gefühle für sie zu gestehen. Also, ich weiß noch nicht genau, wann oder wie, aber ich muss das auf jeden Fall tun und ich denke, dass sie mich ja ebenso liebt. Ich meine, ich mache sie glücklich, und heute habe ich sogar ihre Hand halten dürfen. Dabei wirkte sie genauso nervös wie ich. Heute haben wir uns zum Abschied mit den liebevollsten und sehnsüchtigsten Blicken einander minutenlang angeschaut, umarmt und gekuschelt.

Also ich bin mir absolut sicher, dass sie mich auch liebt, also nicht absolut, aber ja, die Zeichen und Blicke sprechen doch dafür, denke ich mal.

****

Und es geht weiter bergab mit dieser Welt. Trump rastet aus, weil er die Wahlen verloren hat und akzeptiert das Ergebnis nicht.

Merkel möchte aufgrund ansteigender Corona-Erkrankungen oder Infektionszahlen ein extrem strenges Kontaktverbot einführen, was mich echt zutiefst trifft, da ich Angst habe, dass mein neues junges Glück mit Sina dadurch echt gefährdet wird.

Die Schulen sollen vermutlich auch noch zu alledem geschlossen werden oder die Weihnachtsferien verlängert werden, um den Infektionszahlen entgegenzuwirken. Irgendwie macht aber auch das alles gefühlt wenig Sinn, denn erst durch die Ferien erfolgte ein riesiger Anstieg an Infektionszahlen durch Corona, so hat es zumindest auf mich gewirkt, vielleicht unterschätze ich aber auch die Situation, keine Ahnung, auf jeden Fall ist es schlimm. Ich will gar nicht wissen, wie das alles noch wird...

Naja, wie dem auch sei, das Einzige, was momentan wirklich positiv neben Sina ist, ist, dass deutsche Forscher den ersten wirklich wirksamen Impfstoff gegen Corona entwickelt haben. Dieser soll sogar mit einer Wahrscheinlichkeit von 90 % wirksam sein. Mit Glück haben wir nächstes Jahr damit die Krise einigermaßen überstanden. Ich denke mal so, denn momentan geht man nicht davon aus, dass irgendwie eine dritte Welle geschieht und das Coronavirus bzw. Covid-19 ist auch noch nicht mutiert oder dergleichen, was ja ebenso super ist. Also endlich Hoffnung, dieses Ü70, aber auch Jugend-Killer Coronavirus loszuwerden.

Das ist wirklich der einzige Lichtblick, den ich im Moment am Himmel erblicke, es ist nur ein Strahl, durch den eventuell eine Blume überleben kann, jedoch nicht alle Probleme beseitigt werden…oh Mann, bin ich heute wieder poetisch…aber die Blume bringt mich zu einem anderen Thema….

Denn auch die brutale und rücksichtslose Zerstörung und Verschmutzung unserer Umwelt, das unmoralische Handeln, die schlechte Kommunikation, die sozialen Krisen belasten viele von uns Jugendlichen, einige interessiert es nicht, aber ich denke nicht, dass diese die Mehrheit bilden. Oder doch. Viele stimmen zwar immer eifrig zu, dass was geschehen muss, um unsere Erde zu retten, aber was dafür zu tun, dass ist ihnen dann doch zu viel. Naja…..

Hoffen wir einfach irgendwie das Beste. Vielleicht sollten wir es einfach versuchen, auch wenn es nicht anders geht. Wenigstens bleibt einem die Liebe und die Hoffnung, irgendwie…

… doch diese Welt fühlt sich zunehmend immer kälter an. Ich vermisse die Erleuchtung, die ich am Anfang des Jahres erfahren habe, irgendwie fesselt diese ganze Pandemie einen voll und ganz, sie legt mich in Ketten und ich habe Angst, alles zu verlieren durch diese scheiß Pandemie.

Sina, ich weiß nicht wieso, aber irgendwie wirkt es, als wenn sie sich zunehmend von mir zurückziehen würde. Ach, ist bestimmt nur die verdammte Einbildung und die Verlustangst. Keine Ahnung, ich weiß es ja auch nicht. Ich steigere mich einfach gerne in Sachen hinein und ja, das ist mir eigentlich schon relativ oft aufgefallen, irgendwie bin ich manchmal einfach nicht ich selbst, keine Ahnung, ob das möglich ist. Den Hund haben wir übrigens immer noch nicht gefunden, aber irgendwie kommt es mir manchmal so vor, wenn ich mich mit Sina treffe, als ginge es gar nicht mehr wirklich um den Hund, sondern eher alleine um uns. Wir nutzen den Hund als Anlass, um Zeit miteinander zu verbringen. Klingt dämlich, aber ja, was will man machen, beschweren will ich mich darüber nun wirklich nicht. Eigentlich bin ich einfach nur happy, wenn ich sie sehe und ich Zeit mit ihr verbringen kann. Ich fühle mich einfach total glücklich und befreit, sie löst zwar nicht alle meine Fesseln, aber sie lockert sie ungemein.

Ich bin dankbar, dass ich jemanden wie sie getroffen habe, es gibt keine Minute, in der ich mich nicht nach ihr sehne.

Ich liebe sie einfach über alles. Sie ist einmalig, die Art, wie sie redet, argumentiert und die kleinen Anspielungen, die sie mir gegenüber macht, die Art, wie sie mich provoziert und bewusst ärgert und wir am Ende lachend in unseren Armen liegen und einfach gemeinsam unser Ding durch diese Welt machen. Sie ergänzt mich auf eine wunderbare Weise.

****

Ich habe mich heute nochmal mit ihr getroffen. Ja, ich weiß, die letzte Zeit schreibe ich ja wirklich nur über sie. Aber sie geht mir halt ständig durch den Kopf. Heute konnte ich nur kaum was von der ganzen Schule wahrnehmen. Ich wurde mehrmals gefragt, aber ich glaube, ich habe keine Antwort aus meinem Mund gebracht. Das war mir wirklich extrem unangenehm, auch habe ich in der Schule ständig Kopfschmerzen und einen trockenen Hals und nein, ich bin nicht erkältet, aber ganz im Ernst - diese Maske killt mich. Man kann sich mit ihr einfach nicht wirklich konzentrieren. Scheiß Maske! Auf jeden Fall kam ich dann von der Schule nach Hause und dann hat mich Sina angerufen. Ich bin natürlich sofort drangegangen, ich musste zwar eigentlich lernen, aber sie bestand darauf, heute mit mir in den Wald zu gehen um mit mir Zeit zu verbringen. Ja, das hat sie wirklich so ungefähr gesagt. Mittlerweile ist sie mir auch schon sehr vertraut, auch wenn wir nicht offiziell zusammen sind, wirkt es für mich so. Was ich nur seltsam finde, ist, dass sie, so fühlt es sich für mich zumindest an, direkt etwas auf Abstand geht, sobald wir in die Öffentlichkeit gehen, als würde sie es nach außen hin nicht zeigen wollen. Keine Ahnung. Ich habe mal mit einem Freund darüber gesprochen und er findet das auch seltsam. Auch der Aspekt, dass sie eigentlich mit anderen immer so viele Bilder macht und mit uns keine. Sie sagt immer, dass es Wichtigeres gebe als seine Zeit damit zu verschwenden und klammert sich dann an meinen Arm, was mich immer überglücklich macht, aber irgendwie auch manchmal nachdenklich, seltsam.

****

Klingt komisch oder ist es wirklich schon recht früh, das alles nun so sagen zu können, aber mir fehlt mittlerweile Sina, obwohl ich sie heute erst gesehen habe. Dabei kenne ich sie ja gerade nur wenige Tage. Sie hat mir wirklich komplett den Kopf verdreht.

****

Liebes Buch, es klingt zwar dämlich, aber irgendwie ist manchmal echt alles einfach nur widersprüchlich. Zum einen machen mich die Schule und andere Dinge echt fertig. Ja, Corona und das Ganze auf einmal und zum anderen geben mir die Aufgaben auch irgendwie das Gefühl, was geschafft zu haben und machen mich glücklich. Ich glaube, man braucht manchmal einfach Leiden und Arbeit, um danach halt wieder glücklich werden zu können. Ich erinnere mich oft daran, dass ich in den Zeiten, wo ich nichts getan habe oder keine Aufträge oder Pflichten hatte, zunehmend traurig und irgendwie kaputt war. Ich kam mir immer so dumm vor. Andererseits ist ein zu großes und lang anhaltendes Leiden oder Arbeiten ohne Unterbrechung ja auch kontraproduktiv, denke ich.

Zwar geben uns die Pflichten und Verantwortlichkeiten das Gefühl der Wichtigkeit, aber gleichzeitig überfordern sie einen manchmal, da so verdammt viel einfach auf einmal kommt und passiert.

Das ist, denke ich, der Widerspruch des Lebens, wir wollen einfach so viel, aber das ist nicht mit all der Vollkommenheit und Reinheit vereinbar. Leben bedeutet zu leiden. Also ich denke, würden wir nicht ab und zu leiden oder Krisen haben, dann wüssten wir weniger die Momente, in denen es uns gut geht, zu schätzen, nur sollte der Zustand des Leidens nur nicht zu lange andauern, sodass es uns überfordert. Ein Leben, in dem alles gut läuft und man ständig „glücklich" ist, da ist man letztendlich oft unzufriedener und unglücklicher, da man dieses Glück, was man hat, einfach nicht sieht oder zu schätzen gelernt hat. Man braucht doch irgendwie Aufgaben und Herausforderungen, aber in einem richtigen Maß… Ohne Schule würde ich, glaube ich, eingehen. Ich muss irgendwas tun und machen, sonst fühle ich mich halt einfach scheiße. Ich hoffe, du verstehst, was ich meine. Ich glaube, ein Mensch, der nichts arbeitet oder keine Beschäftigung findet, der geht daran letztendlich einfach kaputt. Ich denke, man wird dann glücklich, wenn man einen Fortschritt sehen kann, es darf zu keinem Stillstand kommen. Ich hoffe, du verstehst was, ich meine …

Heute war ein recht langweiliger Tag in der Schule. Ich habe mir deswegen einen kleinen Plan überlegt. Ich wollte mit Sina am 1. Dezember vielleicht in die Stadt. Ich weiß, leider sind uns unsere Gesichter mit Masken versperrt, egal. An dem Tag will ich ihr einfach meine Liebe gestehen und ihr sagen, wie sehr ich sie liebe und sie vielleicht auch küssen. Eine Sache will ich noch davor erledigen. Also, ich habe geplant, mich am Samstag nochmals mit ihr zu treffen, um ihr dann die traumhafte Lichtung zu zeigen, die ich, glaube ich, ungefähr zu dem Zeitpunkt entdeckt habe, als ich angefangen habe, in dieses Büchlein zu schreiben. Gleich mache ich noch einen kleinen Großeinkauf, ich besorge noch etwas zum Naschen und eventuell noch eine Musikbox, sodass wir dann auch Musik hören können und noch vieles mehr. Ich muss noch einiges vorbereiten, Geld soll dabei keine Rolle spielen, und ich werde alles, was ich noch habe, reinstecken. Sie soll all die Liebe, die ich für sie empfinde, spüren und fühlen können und ich möchte sie überraschen, ich muss ihr dieses Wunder der Natur zeigen.

Natürlich unter dem Vorwand, dass wir den Hund weiter suchen und dann will ich sie dahin bringen. Es tut ihr bestimmt gut, sie wirkt manchmal so stark angeschlagen und ich fühle mich schuldig, wenn ich nichts dagegen tue. Ich werde sie heute fragen, ob sie nächsten Samstag Zeit hat und dann werde ich, wenn wir uns sehen sollten, das mit dem ersten Dezember vorschlagen. Ich will sie einfach nur glücklich machen und für sie da sein.

Was soll ich sagen, heute Morgen hat sie mir geantwortet. Übrigens, wir schreiben uns mittlerweile fast jeden Tag. Sie hat für das Treffen zugesagt und das macht mich einfach nur mega happy. Nun werden wir uns am Samstag zu zweit gegen Nachmittag im Wald treffen und bis in die Nacht zusammen sein. Ich freue mich sehr. Ich habe letztens meinem Freund Lars davon erzählt. Er war wirklich erst skeptisch, aber er freut sich für mein Glück. Ich kann echt auf ihn zählen. Also, natürlich erzähle ich ihm nicht alles, auf keinen Fall, aber so viel, wie es für mich gerade sein muss. Ab und zu schreibe ich ihm, aber naja, von meiner inneren Zerrissenheit und Weiteres möchte ich eigentlich erstmal niemandem erzählen. Erstmal. Nicht einmal Sina. Wer weiß schon, wie sie reagieren würde. Ich will sie vor meiner Zerrissenheit schützen, habe echt Angst, sie zu verlieren. Irgendwie ist mein Liebesleben nämlich noch nie so komplett gut verlaufen, ich wurde immer irgendwie betrogen oder ausgenutzt und meistens haben die Leute mir erst gar kein Ohr geschenkt, aber Sina ist anders. Sie liebt mich, da bin ich mir sicher, sie liebt mich genauso sehr wie ich sie liebe. Ich spüre es einfach, es muss so sein!

Wer auch immer dieses Tagebuch in die Hände bekommt und dieses ganzes Drama hier liest, dem will ich sagen: „Es tut mir leid." Aber ich schreibe, um ehrlich zu sein und in der Hoffnung, dass eventuell einmal meine Kinder und die Kinder meiner Kinder wissen, wer ihr Ahne war und wie es sich in seiner Zeit gelebt hat und was seine Sorgen und Leiden waren. Ich hoffe nur, dass die Zeiten nächstes Jahr wieder besser werden, damit ich auch mal was Schönes und Amüsantes berichten kann. Sonst könnte noch ein ziemlich einseitiges Bild über die jetzige Zeit entstehen. Aber jedes Leid findet auch mal sein Ende. Dramatisch wäre natürlich, wenn meine Nachkommen dieses Tagebuch hier und das, was niedergeschrieben ist, als normal empfinden würden. Mann, was habe ich wieder negative Gedanken über unsere Zukunft.

Eigentlich bin ich ja momentan wieder recht froh, hier auf dieser Welt zu sein. Ich habe ja schließlich Sina und die wunderschöne Natur. Auch wenn die Natur in vielen Bereichen von uns echt misshandelt wird, was sich mehr als nur wie ein Dolchstoß in mein Herzen anfühlt, bleibt mir Sina als mein Sonnenschein erhalten. Ihre Nähe und Liebe, ich will für sie da sein und Gott dafür danken, dass sie mich glücklich macht. Sina ist der liebenswerteste Mensch auf der Erde, sie kommt einem Engel gleich.

Jetzt mal im Ernst, was labere ich eigentlich gerade, wie schnulzig muss ich mich gerade anhören…? Hahaahh xD I am sorry for that.

Danke, dass du dir, wer auch immer du bist, Zeit genommen hast, um dir das alles, was ich schreibe, durchzulesen, wirklich danke. Also, falls es wirklich jemand geben sollte, wollte ich das mal rauslassen, das bedeutet mir ungeheuer viel und bitte verstehe mich nicht falsch, das ist wirklich alles sehr intim, das sind meine Empfindungen und ich bin auch nur ein Mensch und sage manchmal komische Sachen. Also, falls das hier alles in Zukunft irgendwie missverstanden werden sollte… Oh Mann, was für seltsame Gedanken habe ich eigentlich? Sina würde jetzt sowas sagen wie „Wovon träumst du nachts" oder einfach nur „AHHHHHHJA". Egal, ich weiß ja, dass sie sowas ja immer nur aus Spaß sagt. So, ich gehe jetzt mal schlafen, morgen ist Freitag und ich muss viele Vorkehrungen treffen, es muss perfekt werden, ihr Lächeln und sie glücklich zu sehen ist einfach unbezahlbar!

****

So! Die letzten Vorkehrungen sind getroffen und alles ist
vorbereitet, ich war irgendwie etwas erschrocken, als ich
an der Lichtung ankam, also ich war irgendwie echt neugierig und hatte richtig viel Adrenalin und Vorfreude in
meinem jungen Blut. Es war schon längst dunkel, als ich
mit vollen Rucksäcken angekommen war, mehrere Dosen
Energie und ein wenig Alkohol, Chips und noch eine Musikbox. Was mich etwas erstaunt hat, war, dass sogar noch
das alte Lagerfeuer da war und ich denke, dass ich das morgen auch nutzen werde. Ich meine, ist doch eine geile Idee
oder? Was kann man sich Schöneres vorstellen als mit der
Liebsten bei einem Lagerfeuerchen nachts auf einer Lichtung mit Musik, Energie, einem guten Riesling und eventuell sogar Tabak (ich habe herausgefunden, dass sie heimlich manchmal raucht) zu verbringen? Vielleicht sollte ich
sie auch dort schon küssen, aber ich weiß es noch nicht so
recht, ich bin wirklich aufgeregt… ich glaube, diese Nacht
werde ich kaum ein Auge zudrücken können. Ich hoffe
dass ihr das alles gefällt und sie mich wieder mit ihren warmen Armen umschließt und mein manchmal kaltes Ich
wärmt.

Ich hoffe, sie ahnt nichts von meinen Absichten. Ich bin
echt verdammt aufgeregt. Ich sollte mal lieber eine
Schlaftablette schlucken, sonst sehe ich morgen aus wie ein
Vampir und ich denke nicht, dass sie auf sowas steht.

Also bis morgen, wünsch mir viel Erfolg :D

****

Heute ist es soweit, heute Nachmittag treffe ich mich mit Sina im Wald, ich freue mich und bin extrem nervös!

Ich muss meine Box jetzt noch aufladen, die hat über Nacht nicht geladen, scheiße, aber ich habe mir ein Kabel meiner Schwester geborgt, also hoffe ich mal, dass heute alles klappt.

Sie wird begeistert sein, sie wird sich freuen und das wegen mir, ich bin echt aufgeregt. Sie muss sich einfach freuen. Warum sollte sie sich auch nicht freuen? Ja, ich melde mich dann mal später wieder. Oder auch nicht, also mal gucken und dann werde ich dir alles im kleinsten Detail erklären. Wünsche mir bitte einfach nur Glück und Erfolg. Ich wünschte mir nichts anderes als mit ihr einfach nur zu Kuscheln. Puh, mein Herz pocht laut. Ich bin einfach nur aufgeregt, ich schreibe zu viel, ich denke zu viel nach. Einfach machen, ich schaffe das, es ist ja heute noch nicht der Tag, an dem ich ihr meine Liebe gestehen will. Also, sagen wir es mal so, es ist zumindest nicht geplant. Ich hoffe, dass sie erkennt, wie viel Mühe ich in unsere Beziehung reinstecke und dies einfach genießt… Puh - okay! Ich lasse jetzt mal besser die ganze sinnlose Schreiberei. Ich muss mich schnellstens vorbereiten, sonst bekomme ich noch mega Zeitdruck. Ich bin jetzt weg, ich schreibe dir! Versprochen!!!

****

Hey, ich bin wieder zurück und was soll ich sagen, ich weiß nicht genau, was ich sagen soll…

Wir hatten die schönste Zeit, die man sich vorstellen kann. Klar waren wir beide sehr nervös und der kühle Wind und die hereinbrechende Nacht haben uns wachgehalten.

Es war aufregend und in meinem Herzen ging es ganz wild zu. Aber ich werde dir gleich alles erklären, denn es ist viel passiert, von dem ich nicht genau weiß, was ich damit tun oder davon halten soll.

Erstmal erzähle ich vielleicht, wie unser Treffen begonnen hat. Sie kam zu mir und dann sind wir den mir bekannten Weg in den Wald gegangen. Der Anfang war zwar wort-wörtlich steinig, da wir erst ein gutes Stück über eine ka-putte Straße gehen mussten, aber ansonsten war es eher ru-hig, also irgendwie waren wir beide anscheinend aufge-regt. Ich versuchte, ein Gesprächsthema zu finden, doch so wirklich kam nichts aus mir raus, irgendwie war es eine komische, seltsame Grundstimmung. Ich fragte, wie es ihr ginge. Sie antwortete nur kurz und irgendwie in einem lieb-losen, fast zickigen Ton. Ich war verwundert und ein wenig erschrocken. Ich habe doch gar nichts Falsches gesagt! Ich fragte sie, ob alles in Ordnung sei oder ob was passiert sei. Sie antwortete nicht. Dann stellte ich keine Fragen mehr und mir kamen fast die Tränen. Ich riss mich zusammen, aber ich hatte das Gefühl, verkackt zu haben. Irgendwas musste ich falsch gemacht haben und ich war etwas über-fordert. Ich bin mir sicher, dass sie meine weinerlich glasi-gen Augen nicht einmal bemerkt hat. Mein Herz schmerzte und ich stellte in Frage, ob die vielen Mühen und das ganze Geld, was ich jetzt ausgegeben habe, umsonst waren. Ob es heute wirklich der richtige Tag dafür war? Ich war ge-rade im Begriff, sie umzulenken und dann fing sie an zu reden. Sie hätte in letzter Zeit öfters Streit mit einer Freun-din gehabt. Da versuchte ich, sie zu trösten und nahm sie an die Hand, das war wohl eher ein Reflex, um ihr zu zei-gen, dass ich für sie da bin. Ihre Hände waren kalt wie Eis. Dann sagte ich ihr, dass sie keinen Grund hat, traurig zu sein, ich hätte eine Überraschung für sie. Da schaute sie mich nur noch verlegen an. Sie schien mir nicht zu glauben und mir ist auch klar, dass sie natürlich gewiss einen Grund hatte, um traurig zu sein. Doch ich wollte sie einfach irgendwie aufheitern. Ich bin ja auch nicht gerade ein Experte in sowas.

Dann führte ich sie weiter durch den Wald. Ihre Stimmung besserte sich zunehmend, was mich verdammt glücklich machte. Jetzt konnten wir auch endlich wieder über alles reden und das taten wir auch, bis wir endlich an der Lichtung ankamen. Die Sonne strahlte in einem solchen Winkel in die Lichtung, dass sie, wie am ersten Tag meiner Entdeckung, einfach nur wie aus einer anderen Welt aussah. Selbst in den Vorbereitungen, die ich getroffen hatte (die ja auch in der Nacht waren), als ich mich heimlich aus dem Haus schlich, um meine Eltern nicht zu verunsichern, ist mir diese Schönheit der Lichtung nicht bewußt gewesen. Doch nun mit Sina an meiner Seite, da strahlte auf einmal wieder alles. Auch sie freute sich und auch ihr kamen die Tränen. Ich bin mir sicher, dass es Freudentränen waren. Wie dem auch sei, wir setzten uns auf das weiche und trockene, ja fast untypisch warme Moos, machten die Musik an und öffneten die eine Sektflasche. Es war eine wirklich schöne Zeit und wir tranken nicht gerade wenig.

Dann lief ein Lied, leider bin ich echt schlecht im Liedermerken, aber es hat uns beide mitgenommen. Es hat uns gepackt und wir haben uns mit unseren Armen fest umschlossen und fingen an zu tanzen. Wir hielten unsere Hände und als wir merkten, wie es zunehmend kälter wurde, hielten wir uns auch gegenseitig warm. Es war ein unbeschreiblich schönes Gefühl, nachdem ich mich so oft gesehnt hatte und es auch jetzt noch definitiv mit Herz und Blut tue. Kurz bevor das Lied endete, es war fast Mitternacht, der helle Mond ließ die Bäume lange Schatten werfen, sagte ich ihr, dass ich noch eine weitere Überraschung für sie hätte. Sie schaute mir mit lächelndem und erwartungsvollem Blick in die Augen und sagte so viel wie: „Ist das so"? Und ihre Stimme - oh Gott, klang wie die eines Engels. Ich spürte, wie das Blut mir ins Gesicht schoss und ich hoffte, dass sie es mir nicht anmerken konnte. Da sagte ich ihr, dass ich es ihr zeigen werde, wenn wir uns am 1. Dezember in der Stadt treffen werden. Ich habe dann früher frei und Sina hat ohnehin nur Halbtagsschule. Du wirst nicht glauben, was sie gesagt hat. Sie hat „Ja" gesagt! Sie hat verdammt nochmal „Ja" gesagt und mit welch einer schönen Stimme. Es hat mich einfach mitgenommen, und dann ist es passiert, das Lied war vorbei und als der Mond schien, überwand ich meine Unsicherheit und küsste sie. Ihre Lippen waren so weich und zart, und im selben Moment umschlossen ihre Arme meinen Hals, ich weiß gar nicht mehr, ob überhaupt ein neues Lied begonnen hatte, ich hörte nichts mehr und war nur noch auf sie konzentriert, alles andere blendete ich aus. Wir haben uns lange geküsst. Doch dann… dann auf einmal bekam ich einen Schreck.

Sina fiel auf den Boden und brach gleich in Tränen aus. Ich beugte mich zu ihr runter, ich versuchte sie zu trösten, ich war auf einmal so verdammt verloren. Ich versuchte irgendwas zu tun, versuchte ihr zu zeigen, dass ich für sie da bin und das alles gut ist. Doch nichts war gut und das merkte ich. Und ja, ich sicherte ihr zu, dass alles in Ordnung sei, dass ich für sie da bin. Dann fragte ich sie, was denn los sei. Es fühlte sich so an wie das erste Mal, als ich sie getroffen hatte. Ich verstand nur nicht recht, was Sache war. Irgendwann stand sie einfach auf und meinte, dass sie nun besser gehen sollte. Ich stand einfach nur wie angewurzelt da. Da wickelte sie mir ihren roten Schal, den sie getragen hatte, um meinen Hals und beteuerte mir, dass es ihr leid tun würde, aber sie die Leiden in ihr gerade nicht ertragen könne. Ich fragte sie, was los sei, was passiert sei, aber sie antwortete nicht, wirklich, sie antwortete gar nichts. Ich begleitete sie auf dem restlichen Weg nach Hause. Diese ganze Strecke über herrschte absolute Stille. Als wir uns verabschiedeten, umarmten wir uns nicht und sie ging einfach rein. Ich stand danach einfach nur wie angewurzelt da, keine Ahnung für wie lange. Habe ich ihr etwa zu viel Liebe gezeigt? Habe ich sie überfordert? Irgendwas mit mir muss es ja zu tun haben, ich weiß nur nicht was. Oh Jesus! Hilf mir bitte! Ich weiß nicht, was ich jetzt tun soll.

Habe ich mich vielleicht doch getäuscht? Aber was ist mit dem Schal, welchen sie mir wortlos um den Hals gebunden hat? Es riecht immer noch nach ihr. Es macht mich glücklich, denn es gibt mir das Gefühl, das sie bei mir ist. Aber irgendwie geht mir auch nicht das Gefühl aus dem Kopf, dass etwas absolut nicht stimmt. Es quält mich und ich weiß nicht, wie viele Nachrichten ich ihr nun schon geschrieben und dann doch wieder gelöscht habe und dann doch wieder geschrieben habe. Ich fühle mich einfach die ganze Zeit so hilflos. Ich weiß ja auch nicht wirklich, was noch zu tun ist. Ich bin einfach so sehr überfordert von alledem. Bis jetzt kann ich auch nicht schlafen, obwohl ich verdammt müde bin. Die Sonne geht langsam auf und ich bin wieder alleine. Zwar habe ich den Schal, der mir ihre Nähe suggeriert, aber wie dem auch sei, ich fühle mich schlecht.

****

Ich habe heute noch nicht einmal geschlafen. Morgen treffe ich mich mit Sina. Das hoffe und wünsche ich zumindest mal.

Ich fühle mich so kaputt. Auch wenn das irgendwie auch nicht richtig sein kann zu behaupten, dass es kaputte Menschen geben würde. Menschen sind keine Objekte, die einfach so "kaputt" gehen können. Was ich unter kaputt verstehe, ist, wenn ich nicht mehr in der Lage bin, wirklich und wahrhaftig zu leben, Freude und Spaß am Leben zu haben und mich nicht nutzlos zu fühlen.

Ich weiß gar nicht mehr, was ich schreiben wollte, um ehrlich zu sein. Doch ich glaube nicht, dass es das Recht gibt, einen Menschen als kaputt zu bezeichnen - außer vielleicht sich selbst. Das würde bedeuten, man würde, wenn man das tut, sich das Recht nehmen, über den Sinn und Nutzen des Menschen zu urteilen. Dabei hat der Mensch keinen besonderen Nutzen, er hat den Nutzen nur für sich, und lebt für sich, da er ein egoistisches Gemeinschaftswesen ist. Ja genau, ein egoistisches Gemeinschaftswesen. Denn jeder Mensch für sich überlegt sich doch, was für ihn selbst am besten ist. Und dann stellt er irgendwann fest, dass er nur dann besonders gut leben kann, wenn er sich mit anderen Menschen arrangiert, nett und freundlich zu diesen ist, um dann im Notfall auch von diesen Unterstützung zu bekommen oder Hilfe, die ihn selbst weiterbringt.

Keine Ahnung, es tut mir leid, aber ich kann meine Gedanken nicht auf Papier bringen, sie werden doch ohnehin nicht verstanden. Ab wann ist ein Mensch psychisch krank? Warum werden Menschen, die über die Welt nachdenken und dabei verständlicherweise in Depressionen verfallen, als krank betitelt? Ich meine, klar, ihnen geht es schlecht, aber doch nur, weil sie die Wahrheit in dem Moment erkannt haben. Sind nicht jene dann nicht auch krank, die versuchen, sich die Welt immer nur schön zu reden und vor allem die Augen verschließen, was ihnen unangenehm oder zu anstrengend ist? Ich will ja auch kein Pessimist sein, sondern ein Realist, aber geht das bzw. darf man das in dieser Zeit überhaupt noch?

Bis dann, Irgendwie…

Das ist einfach nur traurig, warum ist das alles so traurig? Warum ?.... Ich weiß ja selbst nicht warum, doch warum die ganzen Fragen? Ist der Sinn, sie zu lösen? Was ist der Sinn meiner Existenz?

Ich sollte mich wirklich ausruhen. Ich kann gerade einfach mit mir selbst nicht wirklich was anfangen. Morgen ist ein wichtiger Tag, ich treffe Sina. Wünsche mir Glück!

****

Hey, heute ist der Tag, heute sage ich es ihr! Du weißt ja gar nicht, wie aufgeregt und glücklich ich bin. Gestern bin ich gegen acht Uhr einfach nur todmüde ins Bett gefallen voller Gedanken und nun, als ich heute Morgen aufgewacht bin, kam es mir wie eine Wiedergeburt vor. All die Sorgen waren weg und in meiner Hand der rote Schal, den Sina mir geschenkt hat. Er roch immer noch nach ihr. So, ich habe die Sachen gepackt, muss mich jetzt kurzfassen, denn es geht ja gleich zum Unterricht. Ich bin wirklich aufgeregt, nach dem Unterricht fahre ich gleich in die Stadt und ja, wünsche mir bitte Glück. Wünsch mir bitte so viel Glück, wie du hast. Ich brauch es…

****

Es ist was Schreckliches passiert. Um ehrlich zu sein möchte und kann ich gar nicht darüber reden und schreiben. All diese Bilder in meinem Kopf… All die schrecklichen Bilder und Schreie … ich …

Heute Mittag… es wird nicht mehr aus dem Kopf verschwinden.

Heute ist was Schreckliches geschehen, so plötzlich und unerwartet, dass ich nicht damit klarkomme… es war alles so schön und es sollte ein schöner Tag mit Sina werden und es endete in einer Katastrophe und das nicht nur für mich…

Ich selbst hatte Glück und wäre wahrscheinlich nicht mehr hier, wenn ich nicht gerade zum Domplatz abgebogen wäre. Und vermutlich könnte ich das alles nicht mehr auf Papier bringen… ich, keine Ahnung, bin so verstört… meine Hand zittert so extrem… ich kann gerade nicht, ich will gerade nicht, ich muss mich jetzt hinlegen, verkriechen….fuck. Ich weiß nicht einmal, wo Sina ist, sie meldete sich nicht mehr, es war alles voller Blut und Menschen. Die ganzen Bilder gehen durch meinen Kopf. Fuck…

****

Es ist nun etwas Zeit vergangen… ich habe echt keine Ahnung, was ich sagen und schreiben kann und mir fällt es immer noch schwer, darüber zu reden. Ich war nicht in der Schule und kann das gerade auch nicht. Ich lieg nur noch im Bett und die Bilder in meinem Kopf plagen mich, ich hoffte so sehr auf einen Anruf von Sina, doch das war vergeblich. Ich habe es mir sogar öfters eingebildet, eine

Nachricht von ihr zu erhalten, habe aber nichts…Es war einfach zu viel. Ich habe, was weiß ich wie lange nicht mehr geschlafen und im Halbschlaf war auch alles so wirr. Ich sah Blut und das Auto, das in nur kurzer Zeit über die Sim (Simeonstraße) raste. Ich konnte nur einen kleinen Ausschnitt erkennen. Menschen, die schrien und das totale Chaos…. Es war einfach so viel und es war so schrecklich und eigentlich fühle ich mich gar nicht richtig in der Lage, über das alles nun wirklich zu schreiben, die Tränen fließen auf das Blatt und die Tinte verwischt… Sina hat immer noch nicht geantwortet. Okay, ich muss mich nun zusammenreißen. Ich muss es für die Nachwelt festhalten. Ich bitte um Entschuldigung, wenn das alles gerade seltsam klingt, du weißt ja nicht, was geschehen ist. Ich werde versuchen, es irgendwie von Anfang an zu erklären, was passiert ist. Den Grund verstehe ich bis jetzt nicht. Es geschah so schnell, so viele Emotionen, die auf einmal über mich kamen. Es war zu viel und mir war zum Kotzen zu Mute und so fühle ich mich jetzt immer noch, aber nicht richtig wütend, sondern total deprimiert, traurig, fassungslos...

Neben mir liegen Tücher. Ich schwitze und weine, ich brauche sie, um, naja, wenigstens das Papier zu retten. Meine Klamotten sind komplett durchnässt. Neben mir steht ein Eimer. Ich hab` das Gefühl, mich ständig übergeben zu müssen… Dabei habe ich es nur von der Ferne gesehen und nicht so nah wie andere. Zum Glück. Ich will mir gar nicht vorstellen, wie es ihnen geht… mir wird wieder schlecht. Ich muss mich zusammenreißen… Du musst es erfahren, denn ja… Es ist wichtig.

Der Tag fing mit einem glücklichen Gefühl an. Ich ging, wie ich schon geschrieben habe, in die Schule. Und keine Ahnung, mein Handy habe ich gerade ausgeschaltet, mir haben so viele Menschen geschrieben, was passiert ist, was mich noch mehr überfordert hat... also okay, reden wir jetzt weiter.

Es fing alles so schön an. Der Tag war in der Schule wie immer und ich war so voller Vorfreude auf Sina, sie endlich wieder zu sehen und ihr es zu sagen, ihr all meine Liebe zu gestehen, die ich für sie empfinde... Doch jetzt ist alles kaputt. Okay stopp, ich muss da jetzt geordnet vorgehen. Entschuldigung. Also, ich war auf dem Weg zum Bus. Um 11 Uhr oder so war ich mit der Schule fertig. Wir sollten uns vor der Porta Nigra treffen, dem römischen Eingangstor und Wahrzeichen unserer alten Stadt, und das taten wir auch. Im Bus war es so unbedeutend ruhig, ich hörte meine Musik, eine, soweit ich mich erinnere, glückliche und vollkommen durchmischte Playlist, alles außer Deutsch Rap, aber das ist auch eigentlich egal. Eigentlich ist doch alles egal - verdammt - okay, ich muss mich konzentrieren.

Okay, also ich war im Bus und bin bei der Treviris-Haltestelle ausgestiegen, das ist direkt hinter Karstadt - der übrigens in den nächsten Tagen wegen Pleite geschlossen wird. Ich ging in Richtung Porta an einem guten Sushi Laden und der umstrittenen Karl-Marx-Statue vorbei. Ich schaute sie bzw. ihn kurz an und ging weiter. Wir wollten uns unter der Porta treffen, ihr roter Schal, den ich jetzt noch trage, trug ich auch, und zwar mit Stolz. Irgendwie kommt mir das so fucking glücklich vor, so weit entfernt und ja, keine Ahnung. Es ist noch nicht so lange her, aber es fühlt sich auf einmal alles fremd an.

Auf jeden Fall wartete ich ein, zwei Minuten unter der Porta. Ich weiß noch, dass es 11:24 Uhr war. Da kam sie. Sie lächelte mit dem schönsten Lächeln, das es gibt, und umarmte mich so fest. Ich war irgendwie zu dem Zeitpunkt echt etwas überrascht, sonst hatte sie sich nicht getraut, in der Öffentlichkeit die Freude, die sie zu mir empfindet, so zu zeigen. Naja, vielleicht bilde ich mir das auch nur ein… Aber ich weiß, dass ich so glücklich wie noch nie war. Auch die Sonne schien und es war so viel Schönes auf einmal. Es vergingen einige Minuten, wir saßen einfach unter den Eingangstoren der Porta und lachten und verbrachten ein paar Minuten Hand in Hand. Nichts konnte uns ablenken. Dann musste sie auf die Toilette. Wir sind die Fußgängerzone, die Sim hoch bis zum Kaufhof gegangen. Ich wartete draußen auf sie, also schon innerhalb des Kaufhauses, doch halt vor der Toilette. Dann kam sie heraus und wir verließen den Kaufhof wieder. Wir wollten uns gerade an einem Essensstand was zu essen kaufen, und dann geschah das erste Seltsame. Irgendwie veränderte sich Sinas ganzes Verhalten urplötzlich. Ein Mädchen näherte sich, und die beiden schienen sich zu kennen. Ich war gerade dabei, die Pommes zu bezahlen, die ich gerade gekauft hatte, und dann hab ich gehört, wie Sina sich mit ihr unterhielt und auf einmal ein Streit ausbrach. Ich hab keine Ahnung mehr, was passiert ist, es ging alles so schnell, es ging irgendwie um mich, irgendwas mit Beziehung. Ich drehte mich um und raffte gar nichts mehr. Sie schupsten sich und dann zeigte dieses Mädchen Sina den Mittelfinger, dann entfernte sie sich schnellen Schrittes und rief noch, dass sie - Sina - sich entscheiden sollte: "Entweder der Typ da oder ich!". Ich schaute nur noch zu Sina. Sie stand mitten auf der Straße und starrte mich mit verstörten Blicken an.

Ich fragte, was los sei, doch sie antworte mir nicht. Ich sah nur, dass ihr verdammt nochmal die Tränen gekommen sind. Ich hielt unsere Pommes in der Hand, war komplett überfordert und weiß nicht, was passiert ist. Und dann rannte sie weg. Irgendwie richteten sich alle Blicke auf mich, die Leute in der Schlange vor dem Pommes-Stand, einfach alle. Ich stand wie angewurzelt da, mein Herz schlug bis zum Hals, so fühlte sich das an, so pochten meine Halsschlagadern. Ich rannte Sina hinterher, mit den Pommes in der Hand, die ich irgendwann dann doch fallen gelassen habe. Ich habe nichts mehr um mich herum wahrgenommen. Ich lief auf den Hauptmarkt und rief ihren Namen mehrmals. Ob die anderen mich angeguckt haben? Keine Ahnung, mir war alles egal. Ich kam nicht mehr klar. Ich rannte Richtung Domplatz, ich wusste ja nicht mehr wohin, ich hatte sie aus den Augen verloren. Dann rief ich nochmals und nochmals nach ihr. Mein Herz pochte so laut, mir war schlecht und ich war verzweifelt. Ich spamte sie regelrecht zu; ich konnte nicht mehr und war am Boden zerstört… Ich glaube es war ihre Freundin, aber ich hab zu dem Zeitpunkt nicht verstanden, was das sollte. Ich bekam nichts mehr von der Außenwelt mit. Sina ignorierte mich wohl. Meine Nachrichten gingen bis heute nicht durch und auch hat sie meine tausende Anrufe, die ich in kurzer Zeit gemacht habe, vollkommen ignoriert. Es war 11:46 Uhr, glaube ich, ich hatte mich gerade rückwärts an den Domstein vor dem Hauptportal des Doms gelehnt, hielt mir mit beiden Händen das Gesicht zu und versuchte, das Geschehene zu verarbeiten, als ich auf einmal ein einzelnes und dann massenhaftes Geschrei hörte. Ich nahm meine Hände vom Gesicht weg und blickte Richtung Hauptmarkt. Dann ging alles durcheinander. Ich wusste nicht, was es für ein Schreien ist, konnte es nicht zuordnen, doch dann sah ich von weitem, wie Leute verstört vom Hauptmarkt über den Domfreihof vor irgendwas davon liefen, panisch schreiend. Solche Schreie hatte ich davor noch nie gehört. Ich schaute mir diese Szenerie erstarrt vor Schreck an, ohne irgendwie handlungsfähig zu sein. Irgendwas Schreckliches passiert da gerade oder ist schon passiert am Haupt-markt oder in der Fußgängerzone. Alles Mögliche schoss mir auf einmal durch den Kopf, aber nichts, was ich mir erklären konnte. Es war kein Feuer zu sehen, kein Rauch, keine Explosion oder gar Schüsse zu hören. Nichts derglei-chen, nur dieses wahnsinnige Geschrei, die panischen Leute, die vor irgendwas wegrannten. Dann dachte ich wieder an Sina, war da auch ihr Schreien zu hören? Oh Gott, mir wird gerade wieder schlecht, ich muss kurz eine Pause machen…

****

Okay es geht wieder… irgendwie. Ich habe jetzt mal meine Klamotten gewechselt und mir mehr angezogen. Ich habe so verdammt viel gezittert… auch wenn es nicht wegen der Kälte war, ich hab von meiner Mutter eine Beruhigungs-tablette bekommen, sie meint, ich sollte mich ausruhen. Auch wenn das wohl das bessere wäre, muss ich das jetzt erzählen.

Also… es geschah so plötzlich. Ich war so irritiert, viel-leicht bildete ich mir all das auch nur ein. Dann fasste ich mir ein Herz und ging entgegen dem Strom der Leute Rich-tung Hauptmarkt. Mittlerweile wurde es auch wieder stil-ler, immer stiller, umso mehr ich mich dem Hauptmarkt näherte. Ich sah Leute chaotisch kreuz und quer laufen, sich über andere Menschen, die am Boden lagen, beugen. Alle riefen sich irgendwie was zu, telefonierten hektisch und weinten dabei. Dann hörte ich Sirenen, Blaulicht nä-herte sich, Krankenwagen und Polizei kamen von allen Seiten. Überall verzweifeltes Rufen und Heulen. Alles hörte sich so stumpf an. Ich stand wie angewurzelt da und dann ging ich in die Knie…. Ich weiß nicht, was passiert ist, ein Gastwirt oder so half mir wieder auf. Er sagte, ich soll mitkommen, doch ich verstand gar nichts mehr. Eine warme Flüssigkeit tropfte auf einmal von meinen Haaren in meinen Nacken und ins Gesicht. Ich habe so verdammte Kopfschmerzen. Doch ich hörte auch nicht auf den Rat des hilfsbereiten Mannes…Ich hörte überall Sirenen und verzweifelte, erschrockene Menschen. Ich verstand nichts mehr. Ich drehte mich um und sah, dass der Wirt sich um andere kümmerte. Ich ging langsam weiter auf den Hauptmarkt und dann… bemerkte ich alles, nahm auf einmal alles wahr. Überall war Blut, panische Menschen und Ärzte, Sanitäter und Polizei. Mir wurde schlecht und schwindelig und ich glaub, auch auf mich kamen Leute zu gerannt, die auf mich einredeten. Das Schlimmste ist, ich weiß nicht, was mit Sina ist, meinem Kopf geht es wieder besser, keine Ahnung, was da passiert ist. … aber das ist scheiß egal… ich weiß nicht, was mit Sina ist, ich rannte die ganze Sim bis zur Porta runter, um sie zu suchen und schaute mir alle am Boden liegenden Menschen im Vorbeilaufen an. Ich konnte sie nicht entdecken. Dann rannte ich wie in Trance wieder zurück, nochmal über den Hauptmarkt, der mir beim zweiten Anblick vorkam wie ein Schlachtfeld, dann die Brotstraße hoch, von wo dieser Wahnsinnige Amokfahrer wohl herkam. Ja, es war ein Amokfahrer oder ein Attentäter - ein Rechtsextremer oder ein Islamist - wie in Wien oder Frankreich oder damals in Berlin, das habe ich irgendwie überall beim Vorbeilaufen gehört. Einer oder mehrere die mit einem SUV durch die ganze Trierer Fußgängerzone, das Herz Triers, gemetzelt sind. Darüber dachte ich aber nicht länger nach, ich suchte nur Sina. Nirgends konnte ich sie entdecken. Ich wusste nicht, ob das gut oder schlecht ist. Vielleicht wurde sie ja auch schon in ein Krankenhaus gebracht. Aber irgendwie war ich ein bisschen erleichtert, dass ich sie nirgends blutüberströmt und entstellt auf dem Boden liegen sah - wie viele andere Menschen… Alte, junge, ja sogar Kleinkinder….. Ein Horror, surreal, nicht fassbar - nur das Adrenalin in mir half mir, diese Anblicke zu ertragen. Diese Bilder haben sich wohl für immer in mein Gehirn gebrannt…

****

Diese abartige Amokfahrt zerstörte so viele Menschenleben. … Die Motive sind bis jetzt nicht bekannt, es war wohl aber nur ein Täter und der stammt auch noch aus Trier selbst. Das macht mich noch fassungsloser. Kein Rechtsextremist, kein Islamist, sondern ein einzelner, alteingesessener Trierer. Was für ein Irrer. Der wusste ja dann genau, wo er entlang fahren musste, um sowas in diesem Ausmaß anzurichten. Unfassbar, einer von uns. Das macht das alles noch unbegreiflicher. Hauptsache, die Polizei konnte ihn schnell festnehmen. Aber das ändert nichts. Bis jetzt sind wohl mindestens drei Menschen gestorben und noch viele, viele mehr schwer verletzt. Alle Medien sind jetzt voll damit. Unter den Opfern ein sehr junges Kind mit seinem Vater… es verstört mich alles so sehr – und das alles so unerwartet und plötzlich.

****

Warum hat man sowas nicht eher erkennen können, wenn eine Person psychisch so kaputt ist und eine offensichtliche Gefahr darstellt. So einer Person muss vorzeitig geholfen werden, vorzeitig, bevor diese andere und die Allgemeinheit gefährdet. Ist eine solche Person vielleicht auch ein Resultat unseres politischen, bürokratischen Sozialsystems, das vielleicht am Ende doch gar nicht so sozial ist, wie wir es immer meinen. Auf jeden Fall bestehen Zweifel bei mir, wenn unser System solche Menschen produzieren kann. Irgendwas ist da wohl irgendwo ziemlich in die Hose gegangen. Was der tatsächliche Trigger für diesen Wahnsinnigen letztendlich war, werden wir vielleicht niemals erfahren, aber wir sollten uns Mühe geben, es herauszufinden. Das wäre wohl der beste Schutz für uns alle, denke ich. Besser als jede Straßensperre, jeder Poller vor der Fußgängerzone, was jetzt diskutiert wird. Ich hoffe, dass er nicht schon bald wieder laufen gelassen wird oder irgendein Gutachten sagt, er wäre nicht schuldfähig. Ich denke, wer sowas macht, ist immer schuldfähig und gehört für lange, lange Zeit in den Knast. Übrigens, was ich vor ein paar Tagen über kaputte Menschen schrieb, vergesse es bitte wieder.

Ich muss das alles erstmal verkraften und damit zurechtkommen, aber ich kann auch nichts mehr dazu sagen. Ich stehe irgendwie immer noch unter Schock. ....

Ich hoffe zutiefst, dass es den Verletzten bald wieder besser geht und man sie noch retten kann... Ich hoffe es über alles. Gott habe die verstorbenen Opfer selig und möge den schwer und lebensgefährlich Verletzten beistehen und ihnen und ihren Angehörigen Kraft geben, weiter zu leben. Dieses Jahr ist wahrlich kein gutes Jahr. Dieses Jahr ist eine Erschütterung und ich gehe irgendwie auch daran zugrunde. Ich weiß nicht, wie ein Mensch so irre, so kalt, so asozial sein kann. Ich hoffe, dass es Sina nicht erwischt hat. Sie meldet sich nicht mehr bei mir, warum auch immer. Ich werde morgen alle Krankenhäuser in der Stadt abtelefonieren und fragen, ob sie dort eingeliefert wurde.

Mir ist so schlecht. Ich muss die ganze Zeit Pausen beim Schreiben machen.

Sowas darf nie wieder geschehen.

Ich kann das nicht ertragen und es macht mich wütend und traurig zugleich.

Es tat gut, dir das zu schreiben, ich glaube, dass es mir jetzt irgendwie besser geht.

Tut mir leid, falls ich dich damit verstört habe.… Ich war unfähig zu helfen, ich dachte nur noch an Sina, war wie vernagelt. Jetzt ist alles im Arsch, alles, was ich doch hatte, ist auf einen Schlag zerstört. So unerwartet und plötzlich. Ich hoffe Sina geht es gut, irgendwie. Ich muss mich jetzt hinlegen. Gute Nacht.

****

Eine Woche ist nun vergangen und vor der Porta Nigra, dem Schwarzen Tor, sammeln sich eine ungeheure Zahl an Kerzen an, aber nicht nur dort, sondern in der ganzen Stadt. Ich kann aber nicht mehr dazu sagen, ich will nicht mehr darüber schreiben, es quält mich zu sehr.

Sina hat sich immer noch nicht gemeldet. Sie las aber mittlerweile meine Nachrichten. Das kann ich sehen. Es zerstört mein Herz, aber mich macht es glücklich, dass sie anscheinend noch lebt und wahrscheinlich wohlauf ist. Das ist das Wichtigste. Das erleichtert mich schon wenigstens etwas. Doch kann sie immer noch im Krankenhaus sein und bestimmt antwortet sie mir nur nicht, weil sie auch so verstört ist…Es ist alles Schrott… die ganzen Bilder, ich sehe sie in Tränen vor mir, der Moment, wo sie wegrannte, warum auch immer. Wegen diesem scheiß Streit.

Es tut mir leid.

Gute Nacht.

****

Heute war ich nochmals in der Stadt und mir kamen die Tränen, überall Kerzen, Bilder und das alles. Es hat mich erneut dermaßen bedrückt.

Eigentlich wollte ich nur Geschenke kaufen gehen und Sina im Krankenhaus suchen. Als ich dann an den Kerzen vorbeiging, ist mir aufgefallen, dass manche schon erloschen sind, ich nahm mein Feuerzeug und entflammte sie wieder. Ich bekam wieder schlottrige Knie..... Ein Bekannter hat mit mir geredet und mich nach Hause gefahren. Ich kam immer noch nicht dazu, nach Sina zu suchen. Auch wenn ich merke, dass ich vielleicht nicht psychisch dazu im Stande bin, muss ich es. Dieser Widerspruch und die Sehnsucht nach ihr treiben mich nochmal an. Ich muss mit mir einfach nur klarkommen, irgendwie… wenn ich Sina sehe, geht es mir besser. Sie wird das alles verstehen. Ich werde sie trösten und wir werden uns gegenseitig durch unsere Liebe zueinander heilen, da bin ich mir sicher.

Ich hoffe, dass all die Opfer des Attentats nun an einem besseren Ort, ohne Leiden und Qualen sind. An einen Ort, an dem sie in Sicherheit sind… an einem besseren Ort, als es diese Welt ist. Ich kann nicht mehr. Ich weine schon wieder. Verdammt. Wie kann alles von jetzt auf gleich so schnell kaputt gehen. Erst Corona, dann das und alles ist irgendwie zerstört und nicht richtig. Diese ständige Angst. Ich werde noch verrückt.

****

Heute ist mir ein Stein vom Herzen gefallen und ein Wunder geschehen, welches mir Mut macht. Ich war heute im letzten der vier möglichen Krankenhäuser und habe nach Sina gefragt. Die nette Frau an der Rezeption wusste nichts von ihr, das heißt, sie war zu 99 Prozent nicht betroffen und ist zumindest körperlich in Sicherheit…

Mir geht es mittlerweile auch wieder etwas besser und ich denke, ich kann demnächst auch wieder zur Schule in den Präsenzunterricht. Ich warte ständig auf eine Nachricht von Sina, sie geht mir nicht mehr aus dem Kopf und ich bilde mir immer mehr ein, dass sie mich anruft. Wenn ich ausnahmsweise schlafen kann, dann wache ich mitten in der Nacht auf und bilde mir ein, dass mich jemand angerufen hat, aber was heißt jemand, ich meine Sina.

Ich habe ihr tausende Male geschrieben und gefragt, ob alles gut sei, dass ich sie lieben würde und so weiter. Sie liest es, antwortet aber nicht. Ihr Profilbild hat sie gelöscht und man erkennt nur noch eine Silhouette. Mir schießen immer wieder die gleichen Bilder durch den Kopf. Ich sehe Sina, neben ihr die Menschenschlange vor dem Pommes-Stand, ich mit den dämlichen Pommes in der Hand und dann dieses andere Mädchen, was Sina so wütend anschreit. Ich bin so verunsichert, da Sina mir nicht mehr antwortet. Es kommt mir fast so vor, als wäre es wegen ihrer Freundin, als wäre sie ihr fremdgegangen mit mir. Dieser Gedanke zerstört mich regelrecht. Dann wäre ja ich letztendlich der, der schuld an ihrem Leid wäre. Andererseits habe ich sie ja auch glücklich gemacht, als es ihr schlecht ging. Ich war für sie da. Sina wird sich bestimmt noch bei mir melden und sehen, wie viel ich für sie getan habe. Sie war meine Medizin, meine Droge in schlechten und guten Zeiten. Ich will sie nicht verlieren. Ach Quatsch, habe ich nicht, sie liebt mich bestimmt, sie ist doch nicht blind. All die Blicke und Zeichen können kein Schauspiel gewesen sein.

Ich mache mir Sorgen um sie. Mein Herz schmerzt so extrem.

Ich hoffe, sie meldet sich bald nochmal. Nur eine Nachricht, dass es ihr gut geht, würde mir schon reichen. Ich glaube, ich gehe, wenn sie mir diese Woche nicht mehr antwortet, an ihre Haustüre und klingle.

****

Was bin ich, was macht mich aus? Kann ich mein „Ich" ändern? Kann man sein „Ich" überhaupt auch nur ansatzweise ändern und was heißt ändern in diesem Zusammenhang?

Diese Frage habe ich mir den ganzen Tag gestellt.

Ist das „Ich" veränderbar? Gehört nicht jeder, auch nur kleinste Versuch, etwas zu ändern nicht zu dem eigenen „Ich" ständig dazu? Das „Ich" betrifft alle Entscheidungen und Tätigkeiten, jeder Atemzug und auch Dinge, für die wir nichts können.

Wenn man sagt, „ich werde mich ändern", so meint man doch eigentlich nur, dass man sein Handeln ändern will. Ich glaube, das im Innersten verborgene „Ich" bleibt dabei jedoch unberührt.

Also, entweder behauptet man, dass sich nach jedem Atemzug das „Ich" ändert (also bei jeder, selbst kleinsten Tätigkeit) oder man behauptet, dass es immer konstant bleibt und nur die Umgebung und Umstände sich der erfolgten Handlung bzw. Reaktion anpassen, aber nicht das „Ich" selbst sich ändert.

Das wahre „Ich" kann man nur scheinbar beeinflussen. Wir denken, wir tun es, aber tun wir es wirklich? Wenn ich eine andere Person imitiere, hat sich dann mein wahres „Ich" geändert? Nein, bestimmt hat es das nicht, sondern nur mein Verhalten oder die Tätigkeit, die ich ausübe, hat sich geändert. Wenn ich einen Stift greife, hat sich mein „Ich" dadurch geändert? Schließlich hätte ich ihn auch nicht greifen müssen, oder war das überhaupt meine Entscheidung oder wurde das „Ich" durch die Vergangenheit vorbestimmt, durch mein vergangenes Handeln und mein vergangenes Wissen?

Wenn das sogenannte „Ich" durch meine Tätigkeiten und Erfahrungen gebildet wird, so ist es entweder immer konstant oder immer random. Gefühle gehören auch zu dem „Ich", aber man kann sie nicht vorhersagen. Also, kann man überhaupt bestimmen, was das „Ich" ist? Hat das „Ich" eine greifbare Zukunft? Ich denke nein. Das „Ich" hat keine vorhersehbare Zukunft. Die Folgen eines Handelns sind auf lange Sicht unbestimmbar, was zählt, ist der Moment und der gute und richtige Wille…

Um ehrlich zu sein, weiß ich gar nicht so recht, warum mich heute diese Frage so geplagt hat, ich will mich ändern, ich fühle mich irgendwie verantwortlich für das, was mit Sina passiert ist. Ich hab auch versucht, mich zu entschuldigen und sie hat es wieder gelesen und nicht geantwortet… heute war ich auch vor ihrem Haus, sie beobachtete mich halb versteckt durch ein Fenster, ich konnte sie nur schwer erkennen. Es machte aber den Eindruck, als sähe sie ziemlich fertig aus, aber es kann auch nur das beschlagene Fenster gewesen sein. Ich hab keine Ahnung… aber wir tauschten kurz unsere Blicke aus und dann verschwand sie wieder und ich stand noch mal ziemlich traurig und verloren da. Was soll ich nur tun, um sie zurück zu gewinnen? Ich fühlte mich echt zum Heulen und ging mit hängendem Kopf wieder nach Hause. Ich glaube, ich gehe jetzt schlafen. Gute Nacht mein Tagebuch.

****

Heute habe ich immer noch nichts von ihr gehört. Alles beim Alten. Ich mache mir weiterhin Sorgen um Sina, sie antwortet mir immer noch nicht. Meine Verzweiflung kennt keine Grenzen mehr.

****

Hilf mir!

Heute war wieder Präsenzunterricht in der Schule. Ich sitze in der Klasse und fühle nichts. Mein Kopf ist zerstört und meine Gedanken leer. Überfordert von mir selbst? Ich weiß es nicht. Ist es richtig, sowas behaupten zu können? Ich fühle mich schwach, verletzlich und biete jedem Angriffsflächen. Ich sehe Leute, die sich unterhalten, glücklich gemeinsam lachen und reden. Früher habe ich das auch getan, doch was ist heute? Ich kann es nicht. Ich sehe zu und bin leer, es fühlt sich nicht richtig an hinzugehen, und es fühlt sich auch nicht richtig an, sitzen zu bleiben. Ich habe auch ganz und gar kein Thema, worüber ich reden kann. Ich fühle mich wie in Trance. Es zieht alles irgendwie an mir vorbei. Zwar bin ich konzentriert und nehme den Unterricht wahr, aber mein soziales Leben wird zunehmend kleiner, was erschreckend ist! Ich fühle mich inkompetent, und ich weiß, dass ich es eigentlich nicht bin. Ich bin manchmal aus dieser Welt geschmissen, da ich das alles einfach nicht richtig beschreiben kann. Ich versuche, den Lehrer zu fragen. Der versteht die Frage nicht und ich bekomme mal wieder keine Antwort. Bin ich ein zu komplizierter Mensch? Denke ich zu viel nach? Sollte ich nicht einfach mal Dinge hinnehmen, diese einfach mal so stehen lassen und aufhören, alles ständig zu hinterfragen? Ich hinterfrage mich fortlaufend selbst. Ist das wirklich alles so passiert, wie ich es hier niederschreibe? Sind es viel eher meine inneren momentanen Wahrnehmungen und entfremde ich mich von mir selbst oder von dieser Gesellschaft? Ist nicht das, was uns fremd ist, unser höchstes Interesse? Warum mache ich mir so viele Gedanken darum? Ich kritisiere ständig die Gesellschaft, dabei bin ich doch selber ein Teil von dieser. Habe ich also das Recht dazu, so über die Menschen zu sprechen? Wird mich je jemand verstehen oder Empathie für mich empfinden, die nicht auf Mitleid oder dergleichen beruht, und alles, was ich tue, so wie es ist, okay findet und liebt? Ich sehne mich nach ihr, verdammt. Ich vermisse ihr Lachen, ihre Art und ihre Liebe. Jetzt fang ich auch noch an zu weinen, nur weil ich an sie denke. Manchmal habe ich das Gefühl, nicht mehr zu können, es war doch alles so perfekt. Doch was nun? Sie antwortet nicht mehr, ob sie überhaupt mein Leiden spürt, ob sie weiß, was sie mit mir macht? Ich weiß es nicht!

****

Es ist Wochenende, endlich, und ich hab viel zu tun. Bald kommt ein neuer Lockdown auf uns zu und ich sterbe. Irgendwie kommt es mir so vor, als würde hier immer alles zunehmend dunkler, düsterer und trister. Die ganze Zeit ist es bewölkt, es wird früh dunkel, nicht mal die Natur kann mir noch helfen. Das, was mir früher so eindrucksvoll und verwunschen erschien, hat sich in eine trostlose und trübe Landschaft verwandelt… Auch die Stadt, die sonst voller Leben steckte, ist tot. Nicht mal die Läden der Stadt leuchten mehr und die ganze Stadt ist in tiefste Dunkelheit und Tristesse eingetaucht. Abgesehen von den Kerzen, die mich immer wieder erneut an das erinnern, was das Leben vieler unschuldiger Menschen zerstört hat. Auch haben alle die Masken auf, alles ist so grau, distanziert und unpersönlich. Nicht ohne Emotionen, aber irgendwie erkennt man diese ja nicht wirklich mit den Masken im Gesicht. Also, ich will ja nichts sagen, ich verstehe ja den Grund des Lockdowns, jedoch bleiben alle Maßnahmen, die Infektionszahlen runter zu bekommen, ziemlich erfolglos. Ach egal, was soll's, man gewöhnt sich an die schlechten Dinge und irgendwann akzeptiert man sie und denkt, dass es einem gut geht und dabei ist man am Abgrund seiner selbst angelangt.

Wir müssen uns und unsere Mitmenschen vor dem Virus schützen, aber irgendwie ist das hier alles nur ein einziges Chaos, das die Psyche vollkommen zerstört! Es ist einerseits gut, aber gefühlt mehr schlecht. Zwar geht vielleicht, je krasser die Einschränkungen sind, das Virus tatsächlich zurück, doch das Leiden und vor allem die psychische Last wachsen umso mehr. Ganze Geschäfte sind ruiniert. Arbeitnehmer, Selbstständige in der Reisebranche und Gastronomie, vor allem Geringverdiener mit Familie, bangen aufgrund der ganzen Maßnahmen gefühlt weniger um ihr

Leben, sondern auch aufgrund fehlender finanzieller Mittel schlichtweg um ihre nackte Existenz . Das alles tut mir im Herzen weh, wenn ich an das Leiden dieser Menschen denke, was sie nun durchmachen müssen.

Die Großkonzerne werden die kleineren Läden und Unternehmen, die durch die Corona-Maßnahmen pleitegehen werden, wohl auffressen und verschlingen. Die werden wohl die großen Profiteure der Krise werden, vielleicht ungewollt, aber so kommt es wahrscheinlich. Vielfalt wird es dann nicht mehr wirklich geben... Profit ist ja nichts Schlechtes, aber diese Mega-Konzerne wie Amazon haben jetzt einen immensen Vorteil und den werden sie nutzen. Ich finde es wirtschaftlich, aber auch kulturell, mehr als bedauernswert, dass traditionelle und auch individuelle Einzelläden oder andere kleine Familienbetriebe nun ihre komplette Existenzgrundlage verlieren und von einem anonymen Megakonzern platt gemacht werden. Da muss unbedingt was geschehen. Aber irgendwie bekommen die Großen wieder sofort Millionenhilfen und bei den Kleinen sagt man dann, es gibt erst später was, wegen Softwareproblemen im Finanzministerium oder so. Wenn das die Menschen nicht verstört. Mich schon.

Ich würde mich glücklich schätzen, wenn insbesondere kleine Geschäfte unterstützt werden würden oder die großen Profiteure ihnen vielleicht was abgeben müssten. Das würde ja auch ihrem eigenen Image gut tun. Wie bereits gesagt, kündigt der Staat an, ebenso den kleinen Unternehmern zu helfen, aber naja, so wirklich viel ist das eigentlich leider nicht und ankommen tun die Hilfen momentan leider auch nicht wirklich. Naja, hoffen wir mal einfach das Beste.

****

Liebes Buch ein Wunder ist geschehen, du wirst nicht glauben, was geschehen ist.

Nach all dem langen Warten hat sich Sina bei mir gemeldet.

Eben, vor einer Stunde hat sie mich angerufen, es ist zwar mitten in der Nacht und ich kann jetzt vermutlich eh nicht mehr schlafen, aber das soll egal sein. Sie hat sich gemeldet und mich damit aus dem Schlaf gerissen. Ja, diesmal war es wirklich keine Einbildung von mir, da bin ich mir zu hundert Prozent sicher. Sie hat sich gemeldet und entschuldigt. Irgendwie kam mir alles wirr vor. Also, jetzt nochmal zum Verständnis. Sie hat mich eben angerufen und damit aus dem Schlaf gerissen. Vermutlich hat sie die ganze Zeit über mich nachgedacht. Zuerst wollte ich meinen Augen gar nicht trauen, aber als ich dann dranging und ihre Stimme hörte, war ich auf einmal so wach wie nie zuvor. Also, ich habe mich, obwohl es mitten in der Nacht war, nie wacher gefühlt.

Leider hat sie nicht wirklich besonders viel gesagt. Erstmal hat sie irgendwie gar nichts gesagt und ja, ich war mir am Anfang gar nicht sicher, ob sie es ist, ich fragte, ob sie es sei, und nachdem sie darauf nichts sagte, fragte ich, ob alles okay sei… Sie sagte mir, dass es nicht so wichtig sei und entschuldigte sich auch für alles. Sie wollte, dass wir uns morgen einmal treffen, was mich ein wenig verblüffte. Ich wollte ja eigentlich was lernen, aber klar willigte ich ihr ein. Was würde ich nicht alles tun, um sie endlich wieder in den Armen halten zu können, einfach durchknuddeln und lieb zu halten. Nach all dem, was passiert ist, fehlt mir das irgendwie wirklich sehr. Ich habe zum ersten Mal wieder Hoffnung. Irgendwie bin ich wieder voller Energie und ich freue mich endlich wieder.

Ich sehe sie endlich wieder!!!

Morgen gegen Mittag treffen wir uns dann da, wo wir uns schon immer getroffen haben, im Wald. Sie wird es mir alles erklären, hoffe ich mal. Ich bin so glücklich, das habe ich ihr auch gesagt. Ich glaube, sie hat es in ihrem Herzen auch erwidert, auch wenn sich ihre Stimme anders anhörte. Ich bin mir sicher, dass sie noch was für mich empfindet und dass sie das alles schätzt, denn ich schätze ja auch sehr, was sie für mich getan hat und ja, ich bin so froh und happy, ich freue mich zum ersten Mal seit Längerem wieder auf den nächsten Tag. Hoffentlich schlafe ich jetzt wieder ein. Gute Nacht.

****

Hey, guten Morgen lieber Tag. Heute ist der Tag, an dem ich sie endlich wieder sehen werde. Ich kann mein Maß der Vorfreude gar nicht genug zum Ausdruck bringen.

Endlich hat das Leiden ein Ende, sie versteht mich und kommt wieder zu mir zurück, endlich!!!! Ich gehe jetzt los, sehe dich später!

****

Ich habe keine Lust mehr… das ist nicht ihr Ernst… Ich ging zu dem vereinbarten Punkt, mit größter Vorfreude und wartete, wartete und nichts geschah, ich schrieb ihr eine

Nachricht, wo sie stecken würde, sie antwortete nur mit einem „Tut mir leid", danach konnte ich sie nicht mehr erreichen... Ich verstand gar nichts mehr und tue es bis jetzt auch nicht. Dann sah ich es, einen Brief oder einfach ein Stück Papier, was mit Steinen beschwert auf einen Baumstumpf lag. Ich hab es erst nicht gesehen. Auf dem Umschlag stand: „Für Lars von Sina". Und ja, ich hab mich zurückgehalten, ihn zu öffnen, am liebsten hätte ich ihn aus Wut zerrissen, das kann echt nicht sein.

Aber sie hat bestimmt ihre Gründe, vermutlich ist sie einfach nur noch nicht so weit und ja, bestimmt entschuldigt sie sich im Brief und ja, ich sollte ihn jetzt mal langsam öffnen...

Ich will nicht mehr. Ich habe mich getäuscht. Ich habe alles zerstört. Was bin ich nur für ein Mensch. Ich kann nicht mehr, dieser Brief....

Okay, ich versuche mich zusammenzureißen.

Sina möchte Abstand von mir. Ich hätte ihr Leben versaut, ihre Liebe genommen. Ja, ich hätte alles versaut.

Ich kann gerade echt nicht mehr. Ich zittere am ganzen Körper. Warum? Wie konnte das passieren? Nicht ein einziges Dankeswort, kein einziges! Was zum Teufel soll das? Ich habe alles geopfert und für sie gegeben und letztendlich habe ich alles nur zerstört. Ich bin ein Zerstörer. Ich wollte sie doch nur glücklich machen. Ich wollte für sie da sein und jetzt auf einmal sowas!

Ich will nicht mehr hier sein. Warum das alles? Wo ist der Sinn? Verdammt. Ich habe Kopfschmerzen. Mir ist wieder schlecht. Es kommt alles hoch. Warum habe ich das verdammt nochmal nicht früher gesehen, warum habe ich es nicht gemerkt?

Ich will nicht mehr leben. Immer mache ich alles nur kaputt, oh Mann.

****

Hilf mir! Ich weiß nicht wieso, aber ich gehe zu weit, ich treibe mich in eine Irrenanstalt. Dieses ständige Hinterfragen der Welt und der Dinge, wie sie sind, machen mich scheinbar verrückt. Letztens erst habe ich den Sinn des Lebens hinterfragt, den Sinn des Handels. Ist nicht eigentlich alles egal?

Jetzt steht es fest, es soll nochmals einen Lockdown geben. Ich drehe noch komplett durch. Ich bin schuld daran, dass es Sina schlecht geht, ich bin für ihr Leiden verantwortlich. Das wird mir alles zu viel, nun auch schon wieder dieses extreme soziale Distanzieren und dieser Entzug der Gesellschaft, der Liebe und der Natur. Ich will und kann nicht mehr. Ich ertrage das nicht mehr.

****

Bald ist Weihnachten.

Ja bald ist es schon so weit und nun sind auch endlich die letzten Arbeiten geschrieben. Ich bin froh, dieses verfluchte Jahr 2020 in wenigen Wochen endlich hinter mir zu lassen. Es hat wahrlich meinen Kopf zerstört…

Mein Kopf war und ist leer. All die Kraft und Energie, die die Natur und Sina mir geschenkt hatten, spüre ich nicht mehr, sie sind vollkommen verschwunden. Der mangelnde soziale Kontakt und der Entzug von der Natur bis hin zu einer Art Gefangenenleben in meinem Zimmer und jetzt auch noch meine Mitschuld an Sinas Leiden.

Ich habe versucht, sofern ich die Zeit gefunden habe, dir - aber was heißt schon dir - ich meine, in dieses verdammte Buch zu schreiben, um mich ausheulen zu können und dir meine Gedanken anzuvertrauen, mit der Gewissheit, dass du mich verstehst und Empathie mit meinem leidenden Herzen empfinden kannst.

Es gibt Tage, an denen will ich nicht mehr sein. In solchen Momenten hinterfrage ich immer alles, den Sinn, die Gesellschaft, aber vor allem mich selbst. Ich mache mir ständig Vorwürfe, warum ich mich nicht ändere, warum ich mich nicht mehr einsetze, warum ich manchmal so ein fucking Arschloch bin. Nachts schlafe ich nur wenig und liege einfach nur wach da, von den Gedanken und meinen Überlegungen überfordert. Manchmal gehen mir Gedanken durch den Kopf, die ich einfach nicht beschreiben will. Es spielt auch eigentlich gar keine allzu große Rolle, da ich auch nur einer von vielen bin, die vermutlich solche Gedanken haben. Es ist nun mal die Krankheit des Hinterfragens und Nachdenkens.

Ich vermisse die Welt, wie sie damals war. Ich vermisse die Natur und vor allem Sina. Ich sollte wieder versuchen, etwas mehr rauszugehen, irgendwie wieder in den Wald, um endlich wieder atmen zu können und wieder schlafen zu können.

Diese Welt, wie sie jetzt ist, macht mich zutiefst traurig. All die Farben, die mal waren, sind nicht mehr. Zwar verspüre ich den Drang, Menschen zu helfen, aber ich weiß, dass ich vermutlich machtlos bin. Alle müssten an einem Strang ziehen, politische Streitigkeiten ruhen lassen und gemeinsam für größere Ziele kämpfen, aber die Gesellschaft ist noch nicht so weit. Ja, vielleicht bedarf es sogar dieser Pandemie, damit sie dazu bereit ist. Sie lehrte auch mich spüren, wie viel Bedeutung selbst die Dinge hatten, die für mich vorher als selbstverständlich galten.

Du weißt ja gar nicht, wie gerne ich sie in meinem Arm hätte. Wieso geht mir Sina immer noch so durch den Kopf. Es ist nun eine Woche her und ich kann mir meinen Fehler nicht verzeihen.

****

Heute schien seit Langem wieder die Sonne und es war sogar etwas wärmer als sonst. Ich wollte heute mal endlich wieder in den Wald gehen. Ich hoffte, dass es meine Risse im Herzen heilen würde.

Was soll ich sagen, viel von der Sonne blieb mir nicht wirklich. Da ich erst am Nachmittag losging, war all die Vorfreude umsonst. Der Abend brach früher als erwartet ein. Zudem wurde es doch kälter als erwartet und ich konnte irgendwie das alles nicht wirklich genießen. Der plötzlich eintretende Regen hat mich dann dazu gebracht, viel früher als geplant nach Hause umzukehren. Meine Klamotten sind jetzt komplett durchnässt und irgendwie ist jetzt alles gefühlt schon immer lustlos und kaputt gewesen. Ich bekomme nichts mehr hin und jetzt spielt mir selbst die Natur einen Streich. Das klingt vielleicht alles einfach nur erbärmlich und traurig, aber so komme ich nie mehr aus diesem Loch.

Diese Zerstörung in mir ist mittlerweile so groß, dass ich sie kaum noch aushalten kann.

Vielleicht sollte ich versuchen, mich etwas durch Video-spiele abzulenken, vielleicht auch mal wieder Klavier spielen oder malen. Ich weiß es nicht. Ich frage mich manchmal einfach nur, was der Sinn von dem allen ist oder meine Aufgabe? Bald bin ich volljährig, was wird mein Ziel sein und was ist glücklich sein?

Irgendwie bin ich gerade, glaube ich, emotionslos. Irgendwie macht alles, was ich gerade tue, doch gar keinen Sinn.

Gerne hätte ich jetzt jemanden, mit dem ich kuscheln könnte, der mich in den Arm nimmt und für mich da ist. Jemand, den ich liebe und der mich auch liebt und das mir auch zeigt. Naja, was soll's, irgendwie muss man ja damit leben. Jetzt vielleicht digital und keine Ahnung was.

****

Heute ist nichts Besonderes passiert.

****

Heute habe ich gelernt.

****

Heute schlaf ich aus.

****

Absolut keine Motivation, hier jetzt was reinzuschreiben...

****

Liebes Buch, es ist gerade Nacht und ich wende mich an dich. Ich kann wieder nicht schlafen und meine Gedanken fressen mich auf. Das klingt alles so übertrieben, dabei ist es doch eigentlich mein Alltag.

Ich wende mich an dich, weil ich jemanden brauche, jemanden, der mich versteht, und naja, da du mir nicht widersprechen kannst … Leider kannst du auch keine Antwort geben, dennoch wende ich mich an dich.

Ich glaube, dass ich dieses Leben eigentlich gar nicht wert bin, vermutlich wird das jetzt jemand lesen und sich denken, so schlimm kann es ja gar nicht sein. Aber nein, ich sitze gerade hier, höre das Lied von Stephanie Tarling namens „Pure Imagination" seit 2 min und 21, 22, 23… und ich liege traurig in meinem Bett und reflektiere mein Leben. Gerade habe ich einem Menschen meine Liebe gestanden, meine Gefühle, dass sie immer auf sich aufpassen soll, und weiß nun gar nicht mehr, was ich tun soll. Aber es ist nicht die Liebe, die mich gerade plagt, sondern das Gefühl der Gefühllosigkeit, das mir seit Tagen und Wochen den Schlaf raubt. Jetzt kommt „Lone digger", das überspringe ich lieber. Einen Moment, bin gleich wieder da! Okay, hab' was anderes angemacht, scheiß YouTube Auto Play. Naja, warum scheiße, das Lied war eigentlich gut, aber ich bin gerade nicht in der Stimmung dafür.

Ich verliere mich zunehmend selbst, auch wenn ich manchmal echt das Gefühl habe, dass es mir eventuell schon etwas besser geht. Das ist alles so unvorstellbar surreal. Das geht alles so schnell, Sina und alles so. Ich sehe sie immer noch vor mir, aber es ist schon etwas besser geworden.

Ich bleibe noch wach und doch nicht wirklich. Es ist alles nur eine Sache der Wahrnehmung, Auffassung und Selbstreflexion.

****

Gestern war ich mal früh schlafen gegangen. Es war ein anstrengender Tag. Das Grübeln und Nachdenken plagt mich immer mehr, ich weiß auch nicht mehr, wie es weiter gehen soll, um ehrlich zu sein... mir fehlt die Sonne und das Leben irgendwie sehr, wenn man das alles überhaupt noch Jugend ausleben nennen kann. Ich will doch, auch wenn ich es vorher noch nie so gemerkt habe, mal wieder feiern gehen, soziale Kontakte haben. Ich vermisse die Welt, Sina und alles einfach...

Gute Nacht.

****

Und schon wieder ein Tag hinüber.

****

Hey, bald ist Weihnachten und eigentlich habe ich mich immer darauf gefreut. Doch dieses Jahr ist irgendwie alles anders. Noch nicht einmal alle meine Großeltern können zu uns kommen oder wir alle zu ihnen. Man kann nicht einmal mit der ganzen Familie feiern. Das ist einfach nur scheiße. Andererseits möchte ich sie auch schützen. Ich hoffe, sie sind bald geimpft. Ich vermisse sie, das alles kotzt mich an, ich vermisse das alles. Oh Mann, ich will

schlafen, obgleich ich fast Angst davor habe, mich hinzu-
legen, weil ich dann schon wieder nicht einschlafen kann.
Da fällt mir gerade ein, eine Lehrerin an unserer Schule hat
es wohl ziemlich heftig mit dem Covid-19 Virus erwischt.
Sie konnte seit Monaten nicht mehr unterrichten. Ich weiß
gar nicht, ob sie schon wieder zurück ist.

Hoffentlich geht es ihr gut.

******

Heute ist Heiligabend. Meine Eltern haben doch tatsächlich Plätze in der Kirche für die Christmette bekommen.

Sie mussten sie mehrere Wochen vorher reservieren, und
es kamen auch nur 60 Leute maskiert in die Messe. Zwar
durfte nur der Chor von der Empore singen und sonst niemand, aber es war dennoch sehr schön und beruhigend,
wenn auch seltsam. Ich war irgendwie kurz glücklich, weil
mir das alles so vertraut war und mich an meine verantwor-
tungs- und sorgenfreie Kindheit erinnerte. Meine Stimmung wurde wirklich kurz besser, aber dann kamen mir
auch schnell die Tränen, wie konnte ich damals nur das alles, was geschah, für selbstverständlich hinnehmen. Ich bin
enttäuscht von mir selbst. Während der Messe habe ich
noch ein paar Bekannte erkannt und ihnen im Anschluss
Frohe Weihnachten gewünscht. Alle, die wir trafen, waren
scheinbar total glücklich, dass sie mal wieder vertraute Gesichter sahen und mit diesen, wenn auch nur auf Distanz
und mit Maske, kurz sprechen und Frohe Weihnachten
wünschen konnten.

Ich schaute meinen Eltern nur dabei zu, ich konnte mich
einfach nicht mehr so öffnen. Ich war nicht in der Lage,
wirklich aktiv zu sprechen. Auch, wenn ich gerne so sein

wollte, wie ich es früher mal war, kontaktfreudig und aufgeschlossen, so kann ich es einfach nicht mehr. Ja, es kommt mir so vor, als wäre jeder Versuch, den ich mache, um mich dem zu widersetzen, ein Stoß gegen eine stabile solide Wand, die ich nicht aus eigener Kraft aufbrechen kann.

Wie dem auch sei, sind wir dann nach Hause gefahren. Und dann kam das, was wir jedes Jahr an Heiligabend zelebrieren und zwar nur an Heiligabend! Ein echt tolles Fleischfondue mit Rinder- und Schweinefilet und Putenbällchen mit Erdnussflips paniert, dazu selbstgemachte, super leckere Saucen von meiner Mutter. Es war wirklich lecker und nach dem Essen habe ich mich irgendwie so viel besser gefühlt. Ich weiß nicht, aber ich habe in den letzten Tagen wenig gegessen, ich glaube, nur eine Mahlzeit am Tag. Ich hatte einfach keinen Hunger, also bin ich auch froh, dass ich heute überhaupt was gegessen habe und mir auch irgendwie nach Essen war.

Der heutige Tag gab mir echt wieder etwas Lebensmut. Auch wenn am ersten und zweiten Weihnachtstag die vielen traditionellen Besuche bei Verwandtschaft und Freunden wohl ausfallen werden. Ich hatte aber dennoch - es klingt paradox - mal endlich seit langem wieder wirklich Zeit mit meiner Familie, meinen Eltern und Geschwistern verbringen können. Ich habe mich sehr über die Geschenke gefreut, auch wenn ich es irgendwie nie richtig zeigen kann, da mich immer noch diese ganzen Gefühle überfordern. Aber ich habe mich definitiv gefreut über eine VR-Brille! Geil, die hatte ich mir schon lange gewünscht! Wir haben alle zusammen richtig viel Spaß gehabt. Meine Eltern tanzten sogar zusammen zu ihrer 80er Jahre-Musik und wir probierten natürlich alle dieses neue Ding, namens VR-Brille, aus.

In einer Woche ist das Jahr vorbei und ich hoffe wirklich sehr, dass es dann allen und hoffentlich auch mir wieder besser geht. Auch wenn ich weiß, dass dieser Virus und der ganze Schmutz und Schaden, der der Umwelt angetan wird, nicht verschwindet, freue ich mich auf den Tod dieses Jahres und die Neugeburt namens 2021!

****

Heute ist der erste Weihnachtstag. Der Tag war auch ganz schön. Alle meine Großeltern waren zum Brunchen da. Gott sei Dank haben wir ordentliche Nachbarn und keine Denunzianten, die genau beobachten, wer wo reingeht und dann das Ordnungsamt rufen. Von solchen Dingen hört man leider immer öfter. Meinen Großeltern war das jetzt aber auch egal. Sie sind alle über 80, aber sie haben darauf bestanden, kommen zu dürfen. Sie sagten, das wäre ja wohl ihre Sache und ihr Leben. Sie würden sich jedenfalls nicht verbieten lassen, am 1. Weihnachtstag, wie jedes Jahr, zu uns zum Essen zu kommen. In gewisser Hinsicht kann ich sie ja schon verstehen und wer kann ihnen das verbieten, wenn sie es so wollen und die Ansteckungsgefahr in Kauf nehmen. Sie sind ja schließlich alt genug. Dennoch habe ich Angst davor, sie, ohne es zu wissen, anzustecken, auch wenn die Wahrscheinlichkeit ja eigentlich nach wie vor sehr gering ist. Laut letzten Zahlen sind nur ungefähr 0,15 Prozent der Bevölkerung bei uns in der Region mit Corona infiziert.

Nachmittags habe ich ein bisschen in VR abgehangen und gezockt und versucht, meinen negativen Gedanken zuvorkommen. Ich habe sogar Leute im VR-Chat kennengelernt - Amerikaner. Ist schon lustig, sie sind so weit weg und doch waren sie mir dann so nah in dem Moment. Wir haben uns in der Black Cat getroffen, das ist so eine Art digitale Bar, echt gemütlich. Manchmal sind da auch sehr seltsame Menschen und sogar Kinder drin. Aber eigentlich macht es mich glücklich, endlich wieder soziale Kontakte haben zu können.

Und um ehrlich zu sein, hat mir das echt gut getan. Das werde ich auf jeden Fall jetzt öfter machen. Echt cool, so mit Avataren aus anderen Ländern in einer virtuellen Bar abzuhängen und mit denen zu plaudern. Also, mein Englisch scheint ja gar nicht so schlecht zu sein, wie es mir meine Englischlehrerin immer einreden möchte. Ich konnte mich super mit den Amis unterhalten. Ich habe die verstanden und die mich. Zwei haben mich sogar wegen meines guten Englischs gelobt und waren erstaunt, dass ich aus „Germany" komme. Einer von denen ist ein bekennender Trump-Anhänger. Der meinte, in Deutschland wäre noch die Nazizeit…Unglaublich. Was sich da in der VR-Welt alles so rumtreibt. Naja, vielleicht wollte er mich auch nur verarschen. Aber VR finde ich gut, es hat sehr viel Potential und ich finde es schade, dass es nicht so stark gefördert wird.

Bis Morgen!

****

Heute habe ich was gemalt, einen Baum, an den ich mich noch erinnere, der aus der Lichtung. Die Sonne hab ich auch gemalt. Es wirkt so fern und ich hoffe, dass ich sie bald wieder sehe. Weißt du, die Sehnsucht nach der Natur und der wahren Liebe ist so tief in mir, ich weiß gar nicht, wie man das auf Papier bringen soll, und dabei hab ich die Befürchtung, jeden nur zu nerven oder runterzuziehen.

****

Bald ist Silvester bzw. Neujahr. Heute ist nämlich der letzte Tag in diesem Jahr. Böllern ist generell verboten worden, weil man die Krankenhäuser nicht mit zusätzlichen Böllerverletzten belasten möchte. Zudem durften diese in Deutschland nicht verkauft werden. Nicht einmal darf man den Jahreseinstieg ins neue Jahr richtig feiern. Aber wenigstens tun wir damit der Umwelt was Gutes.

Nächstes Jahr soll Artikel 13 bzw. Artikel 17, wie er jetzt heißt, kommen. Naja, die Demos im vorherigen Jahr sprachen für sich, konnten aber die Politiker nicht wirklich begeistern. Trotz riesen Petitionen sind sie blind und dachten ernsthaft, dass wir gekauft gewesen wären oder Bots sind. Das ist einfach nur zum Totlachen, aber 2019 war auch ein anderes Jahr. Wenn ich jetzt auf die Dinge schaue, die mir früher als Probleme vorkamen, kann ich heute nur noch darüber lachen… wie schnell die Zeit doch vergeht. Kaum dreht man sich um und man ist zwei Jahre älter und das Schlimme ist ja, dass die Zeit, je älter man wird, umso schneller vergeht. So kommt es mir zumindest vor. Ich wünschte, ich hätte viel Zeit und mehr Zeit mit Sina verbringen können, auch wenn ich neugierig bin, was nach dem Tod nun wirklich passiert. Was denkst du eigentlich darüber? Was denkst du, passiert nach dem Tod? Ich weiß es nicht, aber ich - auch wenn ich nicht das Recht habe so etwas zu bestimmen - denke, dass nach dem Tod unsere Seele den Körper verlässt, also das Gefängnis, und dann zu etwas Höherem geht oder aber auf der irdischen Welt verweilt. Wenn die Seele den Körper verlässt, erinnert sie sich an alle Leben davor und sucht sich einen neuen Körper aus, den eines Tieres oder eines Menschen, wie man's haben will, was auch den Déjà-vu-Moment erklärt, wenn man denkt etwas schon Mal gesehen oder erlebt zu haben. Die Gesamtzahl der Seelen bleibt immer gleich, also wird es nie mehr Lebewesen geben wie jetzt, nur die Verhältnisse der Populationen der verschiedenen Lebewesen ändern sich. Wie dem auch sei, nach dem Tod sucht sich die Seele einen neuen Fötus aus, Föten, die keine Seele abbekommen, kommen als Totgeburt zur Welt. Die, die eine bekommen, werden leben. Nach der Geburt oder nach der getroffenen Körperwahl, kann die Seele sich nicht mehr an die vorherigen Dinge erinnern, das Gehirn ist dumm und ihm müssen die Dinge erstmal beigebracht werden, was unseren Wissensdrang auch erklären würde. Die Seele in uns möchte dem Gehirn so viel Wissen und Weisheit wie möglich aneignen. Es herrscht ein Wissensdurst. Das würde ich - in Anlehnung an Sigmund Freud - als „Über-Ich" bezeichnen. Meine Seele wäre dann das „Über-Ich", also das Wissen, und mein Körper wäre das „Unter-Ich", also die Triebe.

Wie dem auch sei, welche Rolle spielt dann noch Gott? Naja, Gott ist alles. Der unerklärliche Ursprung von allem und der Seele, das, was man nicht erklären vermag. Gott kann auch eine Art Energie sein, Lebensenergie, die einen durchfließt. Gott ist also auch ein Teil von uns allen, wir sind göttlich, somit aber auch alles andere.

Gott gibt uns Regeln, und da wir selbst uns auch Regeln geben, sind diese auch von Gott gewollt, es sind die Spielregeln. Was oder wie Gott ist, darf ich nicht sagen, kann ich auch nicht, denn kein Wort trifft es. Gott steht für mich für all das, was wir noch nicht erklären können. Was natürlich keine Ausrede oder Begründung für das Beiseitelegen von Forschungen des Ursprungs wäre, keinesfalls! Es soll nur irgendwie eine übergangsweise Erklärung sein, bis man es wirklich beschreiben kann. Irgendeine Deutung also. Ich selbst hab mein eigenes religiöses Bild und ich finde, dass insbesondere die Regeln der Menschenwürde und Nächstenliebe - „Du sollst deinen Nächsten lieben und achten wie dich selbst" - respektiert werden sollten.

Naja, mal sehen… hoffe, du kannst mich einigermaßen verstehen, es waren nur ein paar Überlegungen, wie das Ganze ablaufen könnte. Ich versuche jetzt etwas Silvester zu feiern, wünsch mir Spaß und ich wünsche dir ein frohes neues und besseres Jahr als, 2020 es war!

******

Heute ist also der erste Januar. Besonders gut fühlt es sich ja jetzt nicht an. Ich fühle mich eher kränklich. Naja, kann auch nur der Kater sein von gestern oder heute früh. Ich habe wirklich etwas viel getrunken. Keine Ahnung, irgendwie musste das aber auch sein. Zwar ist mir gerade nach dem Übergeben wohler, aber irgendwie möchte ich auch einfach nur noch alles vom letzten Jahr auskotzen, sodass es endlich meinen Körper verlässt. All das, was geschehen ist. Ach, wie wäre es schön, wenn das alles nicht passiert wäre. Der Alkohol hat auch nicht wirklich viel an meiner emotionalen Lage gebessert. Um ehrlich zu sein, saß ich nach dem bescheidenden „Feuerwerk" nur noch heulend in meinem Bett, mit Sinas Brief in meiner Hand. Ich konnte wirklich nicht mehr, es hätte aber auch nicht viel gebracht, wenn ich dir versucht hätte das zu schreiben, da sonst das Papier von der ganzen Heulerei ohnehin durchnässt gewesen wäre und die Tinte aufgesaugt hätte. Irgendwie verstehe ich immer noch nicht ganz, was da jetzt genau passiert ist oder was mein Fehler war… aber mich macht es traurig, dass ich die Person war, die ausgerechnet die Person, die ich über alles schätzte, ohne es zu wissen zutiefst getroffen habe.

Habe ich dir überhaupt schon davon erzählt, was im Brief jetzt genau drin stand? Ich glaube, ich habe es versucht, aber ja, ich war an dem ersten Tag, an dem ich das gelesen habe, so überfordert, was ich zwar jetzt auch bin, aber ja…

Jetzt vielleicht nochmals in Klartext, also ja, ich versuche es.

In ihrem Schreiben erwähnte sie oft, dass sie mich nicht lieben würde und sie mich dafür verabscheut, was ich ihr angetan hätte. Ich hätte ihre Beziehung zerstört und - keine Ahnung - irgendwann wird es so undeutlich, dass ich es kaum noch lesen kann. Ich habe drauf geweint.

Um ehrlich zu sein, finde ich das echt seltsam. So kannte ich sie nicht und sie schreibt auch eigentlich ganz anders. Das ist so untypisch. Und sie hat sich doch bei mir am Telefon entschuldigt. Habe ich mich wirklich so sehr in dem Menschen geirrt oder war sie es gar nicht, die diesen Brief geschrieben hat? Ich weiß es nicht. Das einzige, was ich weiß, ist, dass mich das jedes Mal aus der Bahn wirft und mich abgrundtief traurig macht. Warum hasst sie mich auf einmal und wieso mache ich die Dinge nur schlimmer? Wieso darf das, was ich liebe, nicht sein? Warum nur diese verdammte ständige Fragerei? Ich weiß es ja auch nicht.

Ich glaube, ich versuche demnächst wieder mehr, in die Natur zu gehen, sie ist meine letzte Hoffnung und ja, ich sollte mich ihr wieder mehr widmen und ja, sie hat sonst auch immer meine Fesseln befreit, ein Versuch ist es wert.

Nur bin ich mir echt noch unsicher, wann es dafür wirklich Zeit ist. Ich habe noch viel zu tun und ich bin auch den ganzen Tag über müde, da ich kaum noch schlafe und wenn ich schlafe, habe ich Albträume.

Ich versuche jetzt mal wieder zu schlafen. Ich nehme eine Schlaftablette.

****

Es klingt seltsam, da ich dir gestern erst von meinen in letzter Zeit immer häufiger auftretenden und mich stark quälenden Albträumen erzählt habe und heute fand ich wieder keinen ruhigen Schlaf.

In meinem Traum wurde die Person - und ich bin mir nicht sicher, ob es wirklich ich oder eine andere war - von etwas beobachtet, zumindest kann ich mich noch an die Gefühle im Traum erinnern, die ich, um ehrlich zu sein, auch jetzt noch etwas im Nachgang habe. Es war ein so stark bedrückendes und unangenehmes Gefühl. Irgendwas hat mich angestarrt. Davon bin ich überzeugt. Also, in meinem Traum zumindest konnte ich nichts sehen. Ich weiß nicht, ob ich blind war, aber ich konnte einfach keinen anderen Körper erkennen, der mich beobachten könnte oder der der Ursprung meines Unwohlseins ist. Dann rannte ich los, ich spürte, wie mein Herz raste. Ich sah den Wald, rannte vorbei, zurück konnte ich nicht mehr blicken und mir fielen die Zähne aus. Glaube mir, das ist das widerlichste Gefühl, was es gibt. Es hat sich so verdammt echt angefühlt. Ich rannte weiter in die Dunkelheit und auf einmal wechselte die Umgebung. Ich war in irgendeinen Raum, glaube ich. Er war leer und überall waren Türen. Da sprach irgendeine Stimme zu mir, ich kann sie echt nicht zuordnen. Sie meinte, dass ich mich entscheiden müsse. Eine Tür stand für Sina, eine führte in den Wald, eine zur Familie und eine war vollkommen leer. Ich fragte, ob ich mich nicht für mehrere entscheiden könnte und warum das so ist, was hier geschieht. Ich bekam keine Antwort. Ich weiß noch, dass ich in dem Traum an der Stelle nicht mehr weiter wusste, und tat nichts. Auf einmal verschwanden die Türen und ich war wieder irgendwo anders, diesmal war es ruhig. Ich kann es nicht beschreiben. Ich ging und ich erkannte, wie sich um mich herum auf einmal ein Wald bildete mit Schattenbäumen. Ich schaute in den Himmel. Dieser war in weißen, nicht durchsehbaren Nebel gehüllt. Dann ging ich den kleinen Weg entlang und traf auf ein weinendes Mädchen, ein kleines Kind. Ich wollte wissen, was geschehen ist, doch sie ging einfach weiter und bemerkte mich kaum. Das gleiche wiederholte sich mit einem kleinen Jungen. Ich weiß echt nicht, wie ich das deuten soll. Ich ging immer weiter und am Ende des Wegs erkannte ich was, also ich glaube, ich erkannte etwas. Es war ein Tier, ein Hund wohl. Hinter ihm stand ein großer, grüner, mit Moos bewachsener Baum. Ich näherte mich ihm und erkannte, dass sich die Gestalt des Hundes im Nebel, je näher ich ihm kam, in eine dunkle Gestalt verwandelte. Es war kein Hund, sondern eine Art Mensch. Und auch der Baum veränderte sich. Er schien immer mehr seine Blätter zu verlieren, und aus dem Grün wurde ein ausgetrocknetes Grau. Ich ging näher, bis ich unmittelbar davor stand. Ich konnte durch den extrem dichten Nebel immer noch nichts richtig erkennen. Vor mir befand sich die Gestalt und der einst große Baum, der jetzt alle Blätter verloren hatte, sah so verdürrt aus. Ich hörte nur ein Weinen, was aus der Gestalt kam, auch dieses Mal fragte ich, was los sei. Dann antworte sie - es war die Stimme Sinas. Ich konnte nichts verstehen, es war alles irgendwie so verzerrt und das Bild verschwommen. Ich habe es nicht verstanden und ich reichte ihr, warum auch immer, meine Hand. Es war still und es geschah nichts. Dann zog ich meine Hand wieder zurück und erschrak. In meiner Hand lag ein blutüberströmtes Messer. Ich ging ein paar Schritte nach hinten, stolperte und fiel auf den Boden. Dann sah ich sie. Sie schaute auf mich hinab, völlig blutüberströmt und schrie mich an. Es war aber nicht nur das Geschrei einer Person, sondern vieler Personen. Ich weiß noch, wie ich mir die Ohren zuhalten wollte, mir jedoch die Hände fehlten. Dann sah ich nichts mehr, außer den ausgetrockneten und sterbenden Baum, wie er in einen Aschehaufen zerfiel und wegflog. Dann wachte ich schweißgebadet, mit rasendem Herzen auf.

Ich träume die ganze Zeit von Sina… Ich weiß nicht, wie ich das alles noch verkraften soll. Oft kommt es mir so vor, als würde ich dieser Welt nur noch mehr Schaden zufügen, als ich retten kann. Diese Schuld verfolgt mich. Ich kann nicht mehr. Hört das denn nie auf.

Es kommt mir vor, als wäre dieser, in meinen Traum erschienene, ganz und gar verdürrte Baum, ein Spiegelbild meines Selbst. Wie ein junger Setzling, dem das Lebenselixier über längere Zeit vollkommen entzogen wurde, sodass es ihm nicht mehr möglich ist, zu etwas Größerem heranzuwachsen. Aber was soll's eigentlich, ich bin mir ja nicht einmal wirklich sicher, ob das Wort „verdürrt" überhaupt richtiges Deutsch ist. Heißt es nicht doch eher verdorrt? Wie dem auch sei, für mich hört sich „verdürrt" auf jeden Fall besser an. Ist es letztendlich nicht auch vollkommen egal? In unserer heutigen Zeit ist doch eh alles beliebig geworden, jeder macht sich die Regeln doch eh so, wie es ihm gerade in den Kram oder in den Zeitgeist passt. Es gibt nichts mehr, auf das man wirklich bauen kann…

Warum schreibe ich jetzt über sowas, ich kann mich echt auf nichts mehr konzentrieren. Mein Kopf ist voll. Ich will schreien, doch kein Wort kann meine Lippen auch nur ansatzweise verlassen.

Die Lippen kleben regelrecht aneinander und ich bin nicht fähig, wirklich zu reden. Es fühlt sich alles unangenehm und unangemessen an. Weder finde ich die passenden Worte zu den Gedanken in meinem Kopf, noch habe ich das Interesse, andere mit meinen Gefühlen zu belasten…

Ich weiß nicht einmal mehr, was ich nun fühle. Ich bin komplett überfordert mit der Situation und ja, ich sollte versuchen, schlafen zu gehen… Danke, dass du dir den ganzen Müll von mir anhörst.

****

Heute ist mal wieder etwas Seltsames in Amerika passiert. Das Capitol wurde gestürmt und überall wird von einem Angriff auf die Demokratie geredet.

Irgendwie geht doch alles immer mehr kaputt. Oh Mann! Das waren alles wütende Trump-Anhänger, die die Realitäten nicht wahrhaben wollen. Und Trump selbst hat die Typen auch noch dazu ermuntert loszurennen. Eigentlich sahen die Fernsehbilder gar nicht so schlimm und die meisten Leute auf und vor dem Capitol gar nicht so extrem aggressiv aus. Aber dann hörte man, dass es doch vier Tote gegeben hat. Die Welt ist irgendwie komplett aus den Fugen. Das reinste Chaos.

****

Liebes Tagebuch, wir haben nun seit längerem wieder Digital-Unterricht und ich mache mir immer mehr Vorwürfe bezüglich Sina. Nachts klammere ich mich an den roten Schal und die Erinnerungen an ihr Lächeln und die Liebe, die ich spüren konnte und dann überschießt mich das Gefühl der Schuld. An manchen Tagen geht es mir ganz okay, aber auch nicht wirklich gut. Die Maßnahmen gegen Corona sollen noch schlimmer werden. Ich habe die Befürchtung, dass man sich bald gar nicht mehr nach draußen bewegen darf und ich wollte morgen eigentlich nochmals in den Wald, um ihn einfach solange zu betrachten, wie es mir überhaupt noch möglich ist.

****

Ich war heute wieder bei der Lichtung, Die Lichtung, die einst so viel für mich bedeutet hat und die für mich wie eine Quelle guter Erinnerungen, Inspiration und der Heilung war, dort, wo einst eine prachtvolle Idylle war, in der ich mich entspannen konnte, herrschte nun ein Chaos der Traurigkeit. Die Lichtung, so wie ich sie das letzte Mal sah, gibt es nicht mehr. Die Bäume scheinen so traurig und alt und haben ihren Zauber verloren.

Der große Baum, der voller Leben war, ist nicht mehr. Er ist tot und verdürrt. Von Käfern zerfressen und einfach komplett ausgetrocknet. Es macht mich wirklich fertig. Nicht einmal die Sonnenstrahlen drängen durch die dicke Wolkenschicht durch. Es ist alles nur noch so lustlos und ohne Sinn. Ich verstehe es ja auch nicht, aber ich konnte diesen Ort nicht mehr ertragen und musste flüchten. Was soll nur aus mir werden, wenn selbst die Natur nicht mehr meine Wunden und Bedürfnisse nach Liebe heilen kann? Ich fühle mich so unbeschreiblich abgrundtief einsam. Ich kann das einfach nicht beschreiben. Ich sehne mich nach einer Person, die ich lieben kann und von der ich gleiche Liebe erfahre. Ich sehne mich nach Sina, verdammt.

****

Heute ging ich wieder in den Wald, es war nebelig und kalt. Ich ging an den Ort, wo ich Sinas Schlussbrief erhielt. Den Ort wo ich ursprünglich doch immer so viel Vorfreude hatte. Er ist nun dort auch kälter als bei der Lichtung und je mehr ich mich ihm näherte, desto schneller schlug mein Herz. Ich habe es letztendlich nicht geschafft. Ich wurde immer schwächer und auf einmal sah ich eine Art Hund im Nebel gehen… ich stand wie angewurzelt da. Ich glaube, es war nur eine Einbildung, aber ich weiß es nicht. Ich verstehe mich selbst nicht mehr, ich bin nicht mehr vollständig.…

Was ich liebe, ist nicht mehr, es wurde mir von mir selbst genommen und zerstört. Ich habe Sina, ohne es zu wollen, zerstört und die Menschen zerstören immer mehr die Natur. Meere voller Plastik und Müll in den Städten und an den Straßenseiten… Zu faul, um 10 Meter zum Mülleimer zu gehen. Diese Welt kotzt mich an. Ich will nicht mehr.

Um ehrlich zu sein, liege ich nur noch im Bett und will mich immer weniger bewegen.

****

Liebes Tagebuch

Ich verstehe und ertrage diese Welt nicht mehr…

Alles wirkt nur noch so grau und trist. Die Natur wird immer mehr von den Menschen zerstört und überall ist Müll und Dürre.

Die Welt befindet sich im Chaos und ich verwahrlose in meinem Zimmer. Einen Lichtblick gab es mal. Ja, es sollte alles besser werden. Der Impfstoff wurde von der EU genehmigt und eingekauft und die Leute sollten alle schnell geimpft werden. Doch jetzt grassieren verschiedene Corona-Mutationen in der Welt, die noch schlimmer sein sollen, der Impfstoff kommt doch erst später und in viel weniger Dosen als geplant, das Gleiche gilt für die versprochenen Schnelltests und viele Menschen gehen zugrunde. Und das nicht nur direkt an Corona, sondern auch viel eher indirekt durch die ganzen Lockdown-Maßnahmen unserer Regierungen. Ich spüre es an meinem eigenen Leibe, vollkommen isoliert. Schon wieder sind wir auf unabsehbare Zeit im Home-Schooling. Man lebt ja nur noch in seinen eigenen vier Wänden, ich habe eigentlich gar keine sozialen Kontakte mehr und wirklich zur Ruhe finde ich auch nicht mehr. Mein Herz brennt. Und keine Aussicht auf Besserung! Ich will einfach nur noch hier raus, denn ich ertrage es nicht mehr. Es kommt mir hier so vor, als würde einfach alles nur noch zugrunde gehen. Was ist das Leben denn überhaupt noch wert? Ich liege ständig nur noch wach im Bett und wenn ich in dieses Buch schreibe so kommt es mir vor, als würde ich mich nur wiederholen.

Ich liege stundenlang wach im Bett, schaue an meine Decke und komme nicht zur Ruhe. Selbst wenn ich dann mal schlafen sollte, bringt mir das nicht gerade viel, da die Albträume mich letztendlich noch mehr quälen.

Welcher Mensch kann das alles überhaupt noch aushalten? Das ist doch eine Zumutung.

Ich muss hier raus, ich muss aus meinem Zimmer raus.

Ja! Das mache ich jetzt, ich werde jetzt ein letztes Mal noch, wenigstens einmal noch in meinem Leben, den Wald besuchen. Ein letztes Mal noch und ich werde ihm all meine Erinnerungen mitbringen, die in meinem Kopf gefangen sind. Ein letztes Mal werde ich mich gehen lassen und Abschied nehmen.

Ich habe mich nächtelang gequält, doch dies wird vermutlich mein letztes Schreiben an dich sein. Ich habe mich dazu entschlossen, bevor ich ein letztes Mal in den Wald verschwinden werde, das noch auf Papier zu bringen.

Danke dir, dass du mir bis hierhin auf meinen Weg durch dieses Höllenjahr 2020 gefolgt bist. Ich danke dir aus tiefster Zuneigung dafür, dass du dir mein Geheule und all die Leiden, die ich spürte und deren Anwesenheit ich bis jetzt in meinem Herzen wahrnehmen kann, angetan hast.

Danke, dass es dich gibt!

Au revoir!

Zeitfracht Medien GmbH
Ferdinand-Jühlke-Straße 7
99095 Erfurt, Deutschland
produktsicherheit@kolibri360.de